Edition
CONVERSO

Ayşegül Çelik

Papierschiffchen in der Wüste

Roman
in Erzählungen

Aus dem Türkischen
und mit einem Nachwort von
Sabine Adatepe

Inhalt

Du,

Leser, der Du Dein Ohr unbekümmert der Stimme des Papiers leihst,

Wisse, dass eine Frau diese Zeilen schrieb.

Die Zeichen, die der Stift auf die Seiten gesetzt, die Du in Händen hältst, stammen aus der hohlen Hand einer aus Leibeskräften schreienden Frau.

Wo das Rätsel des Lesens und Schreibens den Scheichs, den geistigen Führern, vorbehalten ist, bin ich schuldig, weil ich zum Stift gegriffen. Und das nicht zum ersten Mal. Seit Jahren stehle ich mich aus dem Raum, in dem meine Kinder schlafen, um im Mondlicht Märchen zu weben. Denn seit dem Tag meiner Geburt habe ich nichts anderes als Geschichten und Märchen im Sinn. Glaube mir, ich weiß nicht, wie sie sich in diesen stillen Winkel hineinschlichen.

Auf denn ... Wo du nun einmal dein Ohr geliehen hast, setze auch den zweiten Schritt, komm, besteige dieses

Schiff aus Papier. Lass Schuld und Schuldige fahren, vergiss sie. Es ist nur ein Märchen, das ich Dir erzählen will. Die Strafe derer, die den Stift für Märchen einsetzen, sollte doch nicht größer sein als ein Kieselstein ...

Ich lege ein Basilikumblatt zwischen zwei Seiten. Dies ist der erste Buchstabe des Märchens. Denn darunter will ich einen mächtigen Wald erschaffen. Die erste Zeile, die Du liest, wird Dich auf einen in Morgensonne getauchten, dunstigen Pfad führen. Du wirst wandern zwischen Oleander und Strauchrosen, die sich um Bäume winden. Der aus der Erde aufsteigende Dampf wird Dir zuflüstern: »Grüß die Platanen!« Daraufhin wirst du innehalten und die ringsum stehenden Bäume erneut betrachten. Von neuem und mit neuen Augen. Du wirst staunen, mit welch kristallklarer Beglückung sie aus der Erde sprießen. Es wird das erste Mal sein, dass Du das Wunder Baum erkennst. Du wirst den Duft der feuchten Erde einatmen. Das Sonnenlicht in den Tautropfen wird Dein Auge fesseln. Siehst Du Gazelle und Tiger im selben Fluss baden und Sonne und Mond Arm in Arm über den Himmel spazieren, wirst Du begreifen, die Währung, die hier gilt, ist Barmherzigkeit, die Sprache ist Liebe.

Denn wer kein Gewissen hat, wird diesen Wald nicht betreten können, wird nicht einmal den Weg dorthin finden. Ich will ihn mit einem weißen Zaun umgeben. Aus diesem Tollen Wald wird Gott die neue Welt erschaffen.

Bis dahin aber verberge ich ihn in einer Wüste, die Wüste in einem Märchen und verriegele das Tor. Keine Sorge, niemand vermag auch nur ein einziges Blatt zu berühren.

Ich weiß auch, schon nach ein paar Seiten wird sich Deine Meinung ändern. Mit dem Voranschreiten des Märchens wird Dein Geist sich weiten. Zweifel werden Dich überkommen. »Vielleicht …«, wirst Du sagen. »Vielleicht sind das gar keine Märchen …« Dann wird sich ein Fels auf Dein Herz senken: »Was, wenn es gar keine sind?«

Eben darauf warte ich, darauf, dass Du zu dieser Frage findest. Aus diesem Grund nehme ich den Stift zur Hand und jedwede Bestrafung in Kauf.

Liebe Leserin, lieber Leser, ist es denn an armen Leuten wie uns, an Märchen zu glauben? Was sollte es denn geben, das die Wirklichkeit uns nicht böte?

Afsun

Erzengel Fahreddin schuf Menschen und Tiere, dann steckte er sie in die Tasche seines Wams, heißt es. So geschah es tatsächlich. Doch als der Tag kam und der Erzengel alle auf die Welt entließ, vergaß er in seiner Tasche meinen Bruder Bedir. Der arme Junge musste sich im Dunklen verirrt haben, denn er kam und kam nicht hervor, um sich zu uns zu gesellen.

Es gibt eine alte Schrift, darin steht im uralten Alphabet: »Was sollen wir nur mit unserem gebrochenen Herzen tun?« Das hätte ich schreiben mögen! Denn früher war Sitare da, meine große Schwester.

Nur schemenhaft erinnere ich mich, wie wir am Rand der Chaussee entlangliefen, um uns den toten Wolf anzuschauen. Ein abgezehrtes, hässliches Tier. Die Augen fehlten, und in seinen Ohren wimmelten Fliegen. Gerne hätten wir ihn noch ausgiebiger beäugt, doch da begann die Erde zu vibrieren, und wir liefen, uns zu verstecken. Von ferne näherten sich riesengroße Fahrzeuge. Himmel und Erde bebten, als sie kurz darauf in dicke Staubwolken gehüllt vorüberfuhren. Als wir abends ins Dorf heimkehrten, sahen wir, dass der aufgewirbelte Staub sich noch immer nicht gelegt hatte, Trümmer qualmten weiter. Die Erwachsenen redeten. »Dabei wird es nicht bleiben«, sagte Vater zu meinem Onkel. Der Onkel befingerte seinen schütteren weißen Bart, so alt der auch sein mochte.

Was dann geschah, kam mir vor, als starrte man in einen reißenden Fluss und versuchte das Wasser zu zählen. Soweit ich verstand, war, was über uns kam, eine Art Blutfehde. Die jungen Männer sollten aus dem Dorf geholt und an einen fernen Ort geschickt werden. Wo aber dieser ferne Ort war, verriet das Gerede nicht. In weiter Ferne, hieß es nur, sehr weit weg ... Noch über die Stelle hinaus, wo der Wolf lag. Dahinter aber war nichts. Vor dem Dorf brach die gelbe Erde auf, überwand die gelben Berge und die gelben Hügel und gelangte zum Drahtzaun, zur Grenze. Die Grenze aber galt nur für uns. Die gelbe Erde scherte sie nicht, sie floss unter dem Draht hindurch und dehnte sich bis zu anderen gelben Hügeln hin. In jenen Zeiten lag hinter dem Drahtzaun noch der Berg Qaf: Das alles war weit, sehr weit weg. Die Erde erstreckte sich so weit der Blick reichte, und ebenso verhielt es sich mit dem Drahtzaun. Nachts, hieß es, knüpfe jemand heimlich noch mehr Draht ans Ende des Zauns, und so umspanne der Zaun die ganze Welt. Aber das wollte ich nicht glauben. Zumal es ja sieben Welten gibt und nicht nur eine. Ich war neun Jahre alt, aber ich wusste genau, dass dieser Drahtzaun im Land der Dschinnen und Riesen, von Gog und Magog, vollkommen unnütz war. Doch keiner machte sich groß Gedanken über den Zaun.

Schon trennten sich Familien, Schafe und Lämmer wurden aus den Ställen befreit und laufengelassen. Junge Männer wurden aus dem Dorf fortgeschafft und Mädchen im Brautalter mit ihrer Ehre im Bündel in andere Dörfer in die Obhut anderer Familien geschickt, damit sie nicht wie wir auf Bergen und Wiesen umherspazierten und tote Wölfe anschauen gingen.

Manche brachen noch in derselben Nacht auf. Sitare aber blieb noch vier Tage lang bei uns, bis jener von Staub und Sonne graue Wagen kam ... Um des Pferdes und des auf den Rücken des Reiters gebundenen Säuglings willen, die Vater im letzten Winter vor den Minen gerettet hatte, erklärte sich eine Familie jenseits der Grenze einverstanden, Sitare mitzunehmen und zu beschützen. Um Obhut aber handelte es sich bei ihrem Fortgang nicht. Unter der Bedingung, dass ihre ehelichen Pflichten ausgesetzt blieben, bis sie fünfzehn Jahre alt war, ging Sitare. Noch über den Drahtzaun hinaus ... Mutter kleidete sie ganz in Weiß und setzte ihr einen Brautkranz aus frischen Blumen auf den Kopf. Die Blumen für den Kranz hatte ich nach dem Morgengebet mit Vater gepflückt. Am Fuß des Hügels wimmelte es nur so von Kaplilienblüten und Margeriten. Es war der Tag, an dem Vater sich Tränen aus den Augen wischte.

Als der Wagen davonfuhr, spritzten die Steine auf der Chaussee beiseite. Gemeinsam blickten wir Sitare hinterher, ich, Mutter, Vater und der in Erzengel Fahreddins Wamstasche ausharrende Bedir. Verlässt eine Braut das Dorf, wirft man ihr Steine hinterher. Damit sie das Leben an jenem neuen Ort annimmt und sich ja nicht einfallen lässt, zurückzukehren. Wir dagegen schauten bloß. Sie saß auf dem Rücksitz zwischen Schwiegermutter und Schwägerin. Der Brautkranz auf ihrem Kopf wird nicht lange halten, dachte ich.

Bedirs Schatten nicht mitgezählt, waren wir zu dritt zurückgeblieben. Ich war noch nicht so groß wie jetzt. Die schlafenden Hyazinthen dort drüben, die Strauch- und Pfingstrosen, die mich beobachteten und über mir ihre betörenden Düfte verströmten, die Seidenakazien, sie waren noch nicht da. Die Stadt am Rand der Wüste, die Häuser und die Straßen, die Hotelbaustelle gab es noch nicht. Wohl aber gab es einen bangen, fassungslosen Stift, der schmiegte sich vorwiegend des Nachts in meine Hand und hielt sich mit Macht daran fest. Denn, lange bevor sie verschwand, als wir noch klein waren, hatte Mutter uns Lesen und Schreiben beigebracht, im Geheimen.

Meine Mutter … Die Frau, die gezwungen war, alles, was sie ausmachte, vor anderen zu verbergen … Sie war nicht hübsch, hatte aber eine atemberaubend aufwühlende, tiefe Stimme. Manche Dinge konnte sie nicht tun, weil ihre Finger krumm waren, Besen und Messer konnte sie nicht halten. Ja, ein paar Jahre zuvor hatten die Finger ihrer rechten Hand begonnen, sich nach innen zu krümmen.

Auch war sie nicht imstande, ihre Finger durch den rostigen Ring zu stecken, um die alte Truhe zu öffnen, und so drückte sie den Kirschholzdeckel mit dem Handgelenk auf. In der Truhe lag ein in bestickte Taschentücher gewickelter Goldtaler, den man einer Braut geben konnte. Des Weiteren fanden sich darin zwei Talismane und bündelweise Papier. Die verschiedenen gelben und weißen Bögen, die Ränder eingerissen, die Ecken umgeknickt, waren in Mutters Handschrift beschrieben. Inmitten des Stapels lag zudem ein kleines Notizbuch mit festem Einband. Mutter barg das Büchlein am Busen, alles andere übergab sie meiner Schwester. Sie solle dort, wo sie hinginge, die Papiere lesen und für immer aufbewahren. Da trat Vater an die Truhe, in der die drei Frauen wortlos wühlten. Als er sah, was zum Vorschein gekommen war, packte ihn unbändige Wut. Talismane, Taschentücher und Goldtaler rührte er nicht an. Mit Gebrüll aber raffte er alles Papier zusammen und schaffte es fort. Bis auf das Büchlein an ihrem Busen blieb nichts von Mutters Buchstaben übrig. Wie traurig und zornig war ich damals! Als ich größer wurde, erkannte ich jedoch, dass es nicht Vaters Schuld war. In einem staubtrockenen Dorf am Rande der Wüste war es nicht einfach, eine Frau zu verstehen, die auf jedes Stück Papier, das ihr in die Finger kam, etwas kritzelte.

Ich weiß nicht, ob es daran lag, dass ich die Buchstaben gesehen hatte. Jedenfalls schrieb ich gleich am nächsten Morgen auf die Rückseite von Packpapier ein Gedicht für meine Schwester. Wie seltsam das war. Mein Bleistift mit seiner brüchigen Spitze wusste genau, was ich dachte. Er wusste sogar, was ich gar nicht zu denken imstande war. Stimmen, die mir nicht einfielen, Wörter, die ich nicht hatte finden können, rief er in das Gedicht hinein. Die Buchstaben folgten dem Ruf, flatterten aufs Papier und hoben großes Geschrei an. An jenem Tag wurde mir klar, warum Mutters Hände anders waren als die der anderen. Die Krümmung ihrer Finger rührte daher, dass ihnen der Stift fehlte. Mutters rechte Hand glich fragilen Sprösslingen, neben die man kräftige Zweige steckte, damit sie daran Halt fänden. Trieblingen, die sich beugten und krümmten, bis ihre Zweige an den Stamm heranreichten. Ohne Stift aber wussten die Finger nicht, was tun, wie sie sich halten sollten. Denn meine Mutter war eine Geschichtenerzählerin, eine redegewandte Frau mit blühender Phantasie.

Ihre Wörter halten jetzt meine Hand. Ich höre das Wispern, das mir nachgeht: »Sie ähnelt ihrer Mutter«, sagen die Leute. »Sie ist genau wie sie.«

Ja, ich weiß, dass ich meiner Mutter ähnlich bin, die verschwand, als Sitare dreizehn war und ich zehn. Ich will schreiben genau wie sie. Denn die Menschen bei uns kennen ihre Vergangenheit nicht. Fragt man sie, erzählen sie stets die Geschichten anderer Menschen, anderer

Zeiten. Da gewöhnlichen Menschen wie uns die Wissenschaft des Lesens und Schreibens vorenthalten wurde, besteht, was wir erleben, aus in den Himmel gestreuten Buchstaben. Im selben Augenblick, da sie gemurmelt werden, flattern sie wie Schmetterlingsflügel auf und davon. Schrift dagegen bindet den Menschen an die Zeit.

Ich hatte damals noch keine Schule besucht und wusste längst nicht so viel. Doch ich wusste, dass die Wörter mir gehorchten. Zuerst schrieb ich von dem, was ich sah; von Schnee und Regen, die im Fluss leben, von den Bergen, die uns umzingeln, von der gelben Erde, die überall hingelangt. Später kam dann all das, was ich nicht sehen konnte, an die Reihe. Geschichten, die das Meer suchen, der Tolle Wald, von dem Mutter gesprochen hatte, und Sitare … Wohin sie gegangen war, wie sie glücklich lebte und mit welchen Menschen, und dass sie uns kein bisschen vermisste, dass wir ihr nicht einmal in den Sinn kamen …

Sie steckte sich das Licht meines Herzens an ihr weißes Kleid und ging fort. Ihre Spur verbarg sie in der aufwirbelnden Staubwolke vor uns. Sitare war meine große Schwester, doch mir ist sie in Erinnerung als die erste Geschichte, die ich je schrieb.

Die Vögel

Das Dorf mitten im Gebirge war so winzig, dass es von der Landstraße aus einer schwarzen Linse glich. Yıldız war aus weiter Ferne hierhergekommen.

Sie wurde, wie ihrem Vater versprochen, nicht mit großem Hochzeitsaufgebot empfangen. Als die Leute, die gekommen waren, um sie zu sehen, den Wagen umringten, erblickten sie keine herausgeputzte Braut mit Brautschleier, sondern ein Kind im weißen Kleid. Es verstand ihre Sprache nicht, auch von seiner Miene war nichts abzulesen. Man versuchte, sich mithilfe der aus den Gebeten bekannten arabischen Wörter mit ihm zu verständigen, doch das junge Ding blieb stumm. Offenbar fürchtete sie sich. Das Mädchen war erst zwölf Jahre alt und nie zuvor allein gewesen. Stets hatte sie ein Zuhause gehabt, das eingeschossige Haus im Schatten der Pappel, Blumen, die sich im Topf regten, Eltern im Zimmer nebenan und an ihrer Seite die jüngere Schwester, die aus ihren Träumen erwacht. Jetzt aber, inmitten der siebenmal fremden Menge, hielt sie den Blick zu Boden gerichtet und pickte sich die herabgefallenen Kaplilienblüten von der Schulter.

Yıldız wurde stets gut behandelt, sehr gut sogar. Man legte einen Löffel mehr auf den Tisch und steckte sie zu den Kindern des Hauses. Was alle taten, das tat auch sie, bald half sie beim Kochen und bei der Hausarbeit, bald im Garten. Eines Tages, als sie aufs Feld und zum Federvieh gelaufen war, fand sie einen im Schummer des Stalls entsorgten Webstuhl, dessen Rahmen an der linken Seite gebrochen war. Das Holz war aufgeraut und splittrig, fünf Finger dick lag der Staub darauf. Als sie ihn in diesem ramponierten Zustand sah, konnte Yıldız nicht ahnen, welche Macht er besaß. Dieser alte Webstuhl aber sollte auf einen Schlag die Geschichten vieler Menschen und Tiere verändern. Nachdem Yıldız ihn gefunden hatte, war nichts mehr wie zuvor.

Er lag in der Stallecke, seit der Rahmen zerbrochen war. Nie war jemand so lange vor ihm gestanden und um ihn herumgeschlichen, wie Yıldız es jetzt tat. Der Webstuhl gehörte der Schwiegermutter. Als die alte Frau das Interesse des Mädchens bemerkte, schritt sie zur Tat und zeigte ihr Wolle und Knoten. In einer langen, unverständlichen Rede erklärte sie ihr, wie sie den Faden zu halten hatte, um ihn dann zu schlingen und festzuziehen. Aufmerksam lauschte Yıldız den welken, runzligen Lippen der Frau, die sich im abendlichen Zwielicht bewegten, und gab gut Acht auf die alten Finger. Dann setzte sie sich scheu an den ihr zugewiesenen Platz vor dem Webstuhl.

Kaum berührten ihre Finger die Fäden, strömten Wellen der Freude in ihr Herz. Wie geschmeidig und folgsam sie waren! Ohne sich zu verheddern, liefen sie an die vorgegebene Stelle und blieben, wo sie festgezurrt wurden. Als es dunkelte, knarrte der Rahmen, schon viele Knoten waren geschlungen. Das Mädchen war wie verzaubert. Bald schmiegte sich eine schmale Schlinge an die andere und die erste Reihe war fertig. Da holte sie tief Luft, als atmete sie zum allerersten Mal.

Zuerst webte sie einen Kelim, den sie ihrem Namen entsprechend mit Sternen übersäte, er ging unmittelbar in den Nachthimmel über. Yıldız erkannte ihn sogleich: Es war der Himmel über ihrem Heimatdorf. An einem Ort unter eben dieser Nacht lag ihr Zuhause. Ihr war, als würde sie, schaute sie nur ein wenig länger hin, gleich die Pappel und ihre Schwester erblicken. Auch der Wind aus dem Dorf hatte sich offenbar in den Kelim geschlichen, jetzt machte er ihre Nase kribbeln. Diesen Kelim reservierte Yıldız für ihre Schwester, die Schwiegermutter fertigte die Borte und die Fransen.

Wo sie herkam, hatte sie manche Farben noch nie gesehen. Sie wusste nicht, dass auch die Webmotive wie alles im Universum ein Leben haben und ein solches Leben gar Jahrhunderte währen konnte und obendrein voller Geschichten steckte. Die kleine Braut, die vor dem Morgengebet aufwachte, verschwand, sobald der Tag anbrach. Wenig später war sie bei dieser und jener Hausarbeit zu sehen, erledigte wortlos sämtliche Aufgaben.

Anschließend aber verbrachte sie all ihre Zeit an dem alten Webstuhl. Eine Jahreszeit folgte auf die andere. Zwei Jahre darauf gebar sie dem jungen Mann mit dem spitzen Kinn, mit dem sie das von ungeduldigen Händen bereitete Bett teilte, ein Kind. Doch der kleine Junge kam tot zur Welt. Der Körper seiner Mutter war noch nicht reif, um ein anderes Wesen als sich selbst zu nähren. Yıldız war erleichtert, als das tote Kind aus ihr heraus war; fortan widmete sie ihre Hände, ihren Verstand, alles, was sie hatte, dem Weben, den Kelims.

Die Mutterschaft der kleinen Frau, der gar nicht in den Sinn kam, um das verlorene Geschöpf zu trauern, geriet bald bei den Leuten ins Gerede. Denn für sie war das junge Mädchen, das sie sahen, nach wie vor das Kind im weißen Kleid, das vor ein paar Jahren aus dem Auto gestiegen war. Vor ihren Augen, in ihren Häusern war es herangewachsen. Niemandem kam in den Sinn, sie könnte eine andere sein als die, die sie kannten. Dabei war Yıldız längst eine andere, sie lebte zurückgezogen in der neuen Welt, die dank Farben und Knoten in ihr entstanden war. Hätten die Leute sie aufmerksam betrachtet, hätten sie wohl verstanden, dass sie nicht einfach nur webte und Ornamente entwarf.

Sie war auf der Suche. Erwachte sie aus dem Schlaf, bewegten sich ihre Finger, aus ihren Händen sprossen Weidenbäume und Mohnblumen, Farben flossen in ihre Handflächen. Eines Tages gegen Morgen vernahm Yıldız endlich ihre Stimmen. Die Ornamente hatten zu sprechen begonnen und wisperten nun. Sie griff danach und band die Stimmen mit kräftigen Schlingen in ihre Webarbeiten ein. Schon bald darauf riefen Motive und Farben einander. Einer, der den Ruf hörte und herbeikam, war ein sonderbarer Vogel. Unvermutet tauchte er in der Mitte des Gebetsteppichs auf, den Yıldız für ihren Schwiegervater in Arbeit hatte. Es sah so aus, als hockte das Tier unter einem Sommerhimmel, sein Leib funkelte im Sonnenlicht. Der winzige, von einem roten Schnabel geteilte Kopf saß auf einem schwanengleich langen, schlanken Hals. Der Körper wirkte gedrungen und schmucklos, weshalb Yıldız ihm einen mächtigen Sterz verpasste. Lange war sie mit der Verzierung beschäftigt. Sie setzte gleichmäßige weiße Kreise auf die grünen Federn, fasste sie in Königsblau ein und streute sie über den ganzen Schwanz. Dann verknüpfte sie den prachtvollen Sterz mit dem grünen Körper. In aller Vollkommenheit saß der Vogel mitten auf dem Gebetsteppich.

Zwar hatte Yıldız die Arbeit binnen eines einzigen Tages vollendet, blieb aber dennoch lange damit beschäftigt. Nicht die Arbeit am Gebetsteppich fesselte sie an den Webstuhl, sondern der Eigensinn des Tieres, das mitten auf dem Teppich saß. Obwohl die Sonne ihm sanft auf den Rücken fiel und trotz seines prächtigen Schwanzes, wollte der Vogel partout nicht die Augen öffnen. Viele Farben, zahllose Knoten probierte Yıldız aus. Tag und Nacht riss das Knarren des Webstuhls nicht ab. Die Fäden brannten sich in ihre Finger, hin und wieder nickte sie bei der Arbeit kurz ein. Doch was sie auch tat - es war vergeblich. Das Tier hatte es sich nun einmal in den Kopf gesetzt, die Augen nicht zu öffnen.

Eines Nachts erwachte Yıldız schweißgebadet aus einem furchtbaren Traum, vermochte vor Angst aber nicht gleich die Augen aufzuschlagen. Stumm harrte sie in der Finsternis. Das Bett glich einem einsam in der Dunkelheit dümpelnden, windschiefen Boot. Reglos lag der junge Mann mit dem spitzen Kinn neben ihr. Da verstand Yıldız auf einmal den Kummer des Vogels auf dem Gebetsteppich. Er war keineswegs stur. Er war dem Ruf gefolgt, hatte dann aber feststellen müssen, dass er allein im Ornament saß, und einen Schrecken bekommen. Die Angst hatte ihn so fest im Griff, dass er außerstande war, die Augen zu öffnen.

Ungeachtet der nächtlichen Stunde sprang Yıldız auf und ribbelte den Gebetsteppich zur Hälfte wieder auf. Dann machte sie sich daran, hinter dem Kopf des Vogels einen zweiten rotschnabeligen gleich ihm zu weben. Bald schon war das Tier verdoppelt, wie gespiegelt.

Yıldız wollte die beiden davon überzeugen, dass sie in Sicherheit waren. Mit fünf Reihen Rot fasste sie die Welt der Vögel ein. Damit nicht genug, anschließend versah sie den Rahmen ringsum noch mit einer dichten Grundierung aus Gelb und Violett. Mit zwei, mitunter auch drei übereinander geschlungenen Knoten wog das Gewebe nun schwer. Schließlich ließ sie die Finger über die Knoten gleiten, nun konnte weder Angst noch Einsamkeit in die Welt der Tiere eindringen. Die Vögel waren in Sicherheit. Endlich beruhigt beugte Yıldız sich über das Muster und flüsterte: »Du bist nicht allein. Hab keine Angst, mach die Augen auf.« Ihre Stimme klang eindringlich wie die ihrer Mutter.

Vielleicht aufgrund dieser Stimme, vielleicht dank der Magie ihrer Worte schlug der Vogel die Augen auf. Neben sich fand er ein Gesicht, das dem seinen glich. Mit ihren kleinen Äuglein musterten die beiden einander ausgiebig, dann schmiegten sie sich aneinander. Yıldız schlug das Herz bis zum Hals. Wohl kannte sie den Zauber der Muster und Farben, doch so viel hatte sie nicht erwartet. Ihre Finger zitterten, Gebete füllten ihren Mund. An Quasten und Fransen war jetzt nicht zu denken, vielmehr schnitt sie rasch den Faden ab. Sie faltete den Gebetsteppich zusammen und räumte ihn weg, ohne ihn irgendjemandem gezeigt zu haben. Tagelang rührte sie weder den Webstuhl noch die Wolle an.

Sie war wieder schwanger. Gelänge es ihr dieses Mal, ein Geschöpf lebend zur Welt zu bringen, würden womöglich die Mutter und die Schwester sie besuchen dürfen; ja vielleicht würde man sie gar selbst ins Dorf schaffen, damit sie alle sehen könnte. Sie überlegte es sich anders und beschloss, den Gebetsteppich, diesen kleinen Kelim, ihrer Mutter zu schenken. Nagelte der Vater ihn an die Wand, dann würde durchs Fenster Licht in die königsblauen Augen fallen, die aus dem Sterz des Vogels blickten. Sogleich würde die Nacht herabsteigen, ein Wind anheben, und wenn die Pappel raschelte, würden die Schwester und sie sich bei den Händen fassen und sich etwas wünschen. Wie schön wäre das ...

Als sie sich das ausmalte, ahnte sie nicht, dass die Landkarte inzwischen zerrissen war, die Pappel nicht mehr stand und ebenso wenig das Haus; dass Afsun und der Vater jetzt in dem Dorf unterhalb des Hügels schliefen, in das die Tante einst als Braut gegangen war; der Vater nicht länger auf Bedir wartete, weil die Mutter eines Morgens auf seltsame Weise verschwunden war. All das wusste sie nicht.

Indes waren es nicht, wie erwartet, Familienmitglieder, die die verliebten Vögel fanden, sondern Kinder von Verwandten, die im Haus übernachteten. Der Gebetsteppich ging von Hand zu Hand. Die aus dem roten Rahmen blickenden Pfauen wirkten ungemein majestätisch. Da war kein Himmel und keine Erde, da war nichts außer dem Stolz der Vögel. Tu Buße, in Gottes Namen, sagten die Betrachter und wandten den Kopf ab. Es durfte als normal gelten, dass Yıldız andere Welten und merkwürdige Kreaturen in den Kopf kamen, weil sie schwanger war, selbst die Dreistigkeit im Blick der Vögel mochte noch durchgehen, doch dass es sich bei dem Webstück um einen Gebetsteppich handelte, konnte nicht außer Acht bleiben! Der Tumult im Haus legte sich erst, als das Gemurmel der Ältesten zu einem Entschluss kam. Als man sich schließlich einig war, wurde einer der Söhne nach dem Gartenmesser zum Holzverschlag geschickt.

Unterdessen schloss die Schwiegermutter die Türen und zog die Vorhänge zu.

Gleichgültig schauten die Vögel den Menschen zu, die sie von außerhalb des roten Fensters beäugten. Doch als sie die Miene des Jungen sahen, der das Messer brachte, war ihre Ruhe dahin. Yıldız' Schwiegervater rief Gott an, nahm das Messer und setzte es an den unteren Rand des Webstücks. Ein Knurren erklang, schwoll an und erfüllte den Raum. Eine nach der anderen sprangen die gelben und violetten Schlingen an der Schnauze des Messers auf. Schon bald drang die Schneide zum roten Rahmen vor. Hier waren die Knoten kleiner, die Fäden stärker. Der alte Mann packte fester zu und drückte kräftiger. Da geschah es. Ein eigenartiger Schrei übertönte das unablässige Knurren des Messers. Ja, es war wahrhaftig ein Schrei, der zweite Vogel - der hinzugekommene, der gespiegelte - schrie. Das Messer hielt inne. Die betagte Hand zögerte kurz, dann schleuderte sie das Webstück auf das Sitzkissen. Der Alte, der meinte, bereits alles in der Welt gesehen zu haben, hörte zum ersten Mal die Stimme eines Webmusters. Ein gehöriger Schrecken war ihm in die Glieder gefahren, er wich zurück und begann mit lauter Stimme zu beten. Die panisch am Rand des fest geknoteten roten Fensters auf und ab jagenden Vögel nutzten das Zaudern. Sie dehnten die Knoten, sprangen vor aller Augen mit langen, kummervollen Schreien aus dem Gebetsteppich und stoben auf und davon.

Das Wörtermärchen

Es war einmal, es war keinmal
Vom Keinmal zu reden war schwer ...

Bevor Gott die Engel schuf, hatten die Tage keine Namen. Dienstag bekam seinen Namen von Isrāfil. Donnerstag wurde Dschibrāil, Freitag Schemnāil und Samstag wurde Erzengel Fahreddin geschaffen. Die Erde, der Himmel, die Tiere und alles andere stammte aus Fahreddins Wams. Stellen wir uns die Welt als ungestümen Drachen vor, ist der Mensch nicht mehr als ein Stäubchen am Ende seines Schwanzes. Doch seine Liebe zur Welt ist größer als er selbst. Der Legende zufolge rührt das von seinem ersten Atemzug her.

Um ihn auf die Erde zu setzen, wählte Gott eben diese Stelle aus, das Land zwischen den zwei Strömen. Genau hier tat der erste Mensch seinen ersten Atemzug. Als er die Augen aufschlug, war das erste, was er erblickte, zweifellos das am Firmament hängende Licht. Die der Natur Leben spendende Sonne strahlte über der

Erdkugel, um deren sämtliche Geheimnisse sie wusste. Wie alles auf Erden und im Himmel konnte auch der Mensch nicht umhin, ihr seinen Gruß zu entrichten und sich voller Liebe vor ihr zu beugen. Die warmen gelben Strahlen wanderten von seinen Wimpern in sein Herz hinunter und breiteten sich über seinen ganzen Körper aus.

Damals schon herrschte Gewimmel auf der Welt. Bevor der Mensch ankam, hatte alles andere bereits seinen Platz eingenommen. Meere und Seen waren in ihre Senken geströmt, die Sterne an ihre Plätze gehängt, die Berge wie Riesenlatschen mitten in die Ebenen gefallen und dort liegengeblieben. Es gab Geschöpfe aller Art, sie blühten, schlugen Wurzeln, liefen, flogen, kämpften, grasten. Eine Weile traten sie unter dem Himmel in Erscheinung und, wenn ihr Tag gekommen war, endeten sie still hinter einem Felsen. Denn damals war das Sterben eine leichte Sache. Bis der Mensch geschaffen wurde, fiel den anderen Geschöpfen das Sterben nicht schwer.

Es war der Mensch, der die Ordnung störte. Seinen Verstand umarmte er wie ein zahmes Tier und beobachtete aufmerksam die Natur, in die er hineingeboren war. Der Lebenskreis war von harmonischer Melodie. Er sah, dass die sich darein fügenden Lebewesen geboren wurden, aus der Erde sprossen, heranwuchsen, erblühten, Nachwuchs bekamen und eines Tages still und leise starben. Es war ein Wunder, denn nach einem Regen kamen die gleichen Tiere wie die gestorbenen, Bäume wie die umgestürzten, Blätter wie die welk zu Boden gefallenen wieder. Als die Menschen den Tod als Erneuerung begriffen, glaubten sie fest daran. Doch worum es eigentlich ging, blieb verborgen, bis einer der ihren starb. Als zum ersten Mal ein Mensch starb, versammelten sich die anderen um ihn. Ein Gefühl der Einsamkeit, das sie zuvor gar nicht bemerkt hatten, drang ihnen ins Mark und machte sie schaudern. Die Natur war kalt geworden. Die Tage vergingen und die Menschen erkannten, dass der Verstorbene eine Leere hinterließ, die größer war als er selbst. Es kamen zwar neue Menschen zur Welt, doch sie waren anders als der Verstorbene und als die anderen. Die Menschen lernten, dass es nichts änderte, ob sie die Toten begruben oder im Freien liegenließen, sie mit dem Gesicht zum Sonnenaufgang betteten oder zu ihrem Untergang. Ebenso wenig nützte es, dem Grab Wegbeschreibungen, Landkarten, den Rückweg erleichternde Dinge beizugeben. Seit jenem Tag hat die Natur nie denselben Menschen ein zweites Mal gesehen. Das war keine Erneuerung, vielmehr schlichtweg Auslöschung. Der Tod, der die Natur wieder auffrischte, löschte den Menschen bloß aus. Als der Mensch das erkannte, rebellierte er gegen die mächtige Ordnung, die er doch so bewundert hatte, und leugnete den Tod.

Höchst verwundert war Gott gezwungen, etwas zu schaffen, das »Zeit« genannt wird. Diese sonderbare Kreatur mit unzähligen Armen und Beinen jagte den Menschen mit unfehlbarer Akribie, und zwar ausschließlich den Menschen. Die anderen Lebewesen erfuhren nicht einmal von deren Existenz. Bis heute gibt kein anderes Wesen in der Natur den Tagen einen Namen. Keines zählt die Jahre, keines versteht sich auf komplizierte Berechnungen, die Stunden in Minuten teilen. Denn die Zeit ist einzig für den Menschen da. Um ihn vom Tod zu überzeugen. Ohne den Menschen funktioniert die Zeit nicht. Für sich allein kennt sie nicht einmal die Abfolge der Jahreszeiten.

Die Erfindung der Zeit löste bei den Menschen ungeheure Angst aus. Gleich einem aufgeschreckten Vogelschwarm flohen sie aus dem Wald und verteilten sich über das Tal. Um sich fest in der Erde zu verankern, errichteten sie Hütten und Dörfer. Einer unter ihnen aber mochte niemandem folgen. Er wanderte auf die Rückseite des Berges, baute mitten in die Felsen eine Hütte und ergriff einen Beruf.

Er wurde Sprachklempner. Seine Hütte quoll über von Stimmen und Geräuschen. Manche besserte er mit Schnitzbeiteln und Feilen aus, andere behobelte er, Tag und Nacht werkelte er, damit ein jeder die Stimme des Flusses, die Farbe der Wolken einwandfrei vernähme; anschließend hängte er sie Vögeln um den Hals, die sie unter die Leute trugen. Wegen der wild aufeinandergestapelten Rufe herrschte Tohuwabohu in der Hütte. Als reichte das Gedränge nicht, brachten die Vögel zudem verschiedenste Fundstücke mit und häuften sie neben Hammer und Amboss auf. Funkelnde Steine, Windbrocken, Flussgeräusche ... Nichts wies der Mann zurück, vielmehr türmte er alles aufeinander, es könnte ja einmal bei einer Reparatur von Nutzen sein. Nicht dass ein falscher Eindruck entsteht, weil er die Arbeit mit großer Freude tat: Sprachklempnerei ist keine leichte Tätigkeit. Laufen heute manche Wörter ohne zu humpeln oder hinzufallen, so verdanken sie das den Holzbeinen, die der Mann ihnen einst anpasste.

Eine Frau aus dem Tal hatte die Hütte ausfindig gemacht. Heimlich beobachtete sie den Klempner. Seine Meisterschaft im Biegen und Beugen der Stimmen und die von ihm hergestellten Wörter betörten sie. Der Klempner war ein vielbeschäftigter Mann, er hatte keine Zeit, nach links und rechts zu schauen, so waren die Stimmen es, die die Frau bemerkten. Diese Frau, die Wörter für Wunder hielt, mochten sie auf Anhieb. Sie ließen es sich angelegen sein, sogleich zu ihr zu eilen, wenn sie rief, sich wie von ihr gewünscht aufzureihen und ganz nach ihrem Wunsch Sinn zu ergeben. Eines Tages entdeckte die Frau einen Mann, der gleich ihr die Hütte des Klempners beobachtete. Sie kam nicht auf den Gedanken, er könnte sich ohne jede Würdigung der Stimmen, die die Hütte erfüllten, und der Fähigkeiten des Klempners allein vom Zauber der funkelnden Steine neben dem Amboss hinreißen lassen.

Doch kaum im Dorf zurück erzählte er mit tausenderlei Übertreibungen herum, was er gesehen hatte. Er versprach jedem Mitstreiter reichlich Beute, erwähnte aber auch, die Sache wäre nicht leicht. Denn der Klempner lebte zwar für sich allein, doch zweifellos würde alle Kreatur ihm zu Hilfe eilen. Da gaben ihm die Dorfleute Recht und liefen zu ihren Nachbarn auf der Ebene und am Berghang. Berichteten sie von der geplanten Plünderung, war es nicht schwer, Komplizen zu finden. Als genug Leute beisammen waren, wurde der Bund geschlossen. Bei Sonnenaufgang, so verabredeten sie, sollte die Hütte gestürmt werden.

Die Frau erfuhr davon und eilte zur Hütte hinauf. Haarklein berichtete sie alles dem Klempner, dem sie zum ersten Mal von Angesicht zu Angesicht gegenüberstand, und sah ihn vor Kummer die Augen verengen. Vom Kämpfen verstand er nichts und hatte nichts zu tun mit Beutemachen, Gewinnen und Verlieren. Er sank zu Boden. Die Frau aber mochte sich mit Verzweiflung nicht abfinden. »Man muss ja nicht unbedingt Leben zerstören«, sagte sie und wies einen Weg. Unverzüglich solle der Klempner handeln. Noch bevor die Leute aus den Dörfern am Berg und in der Ebene sich vereinten und vor seiner Tür stünden, müsse er die Stimmen zu Hilfe rufen. Er solle die Wörter voneinander trennen. Verstünden die Leute einander nicht, wären sie außerstande, sich zu vereinen und gegen ihn zu Felde zu ziehen. Die Idee gefiel dem Klempner, und so arbeitete er die ganze Nacht hindurch und trennte die Sprachen der Menschen und die Bedeutung der Wörter voneinander. Zwar wusste er im Getümmel nicht, wie viele Sprachen er erfand und wem er sie gab, hatte aber die gegen ihn gerichtete Feindseligkeit im Keim erstickt.

Tatsächlich war der Streich am nächsten Tag verdorben. Es kam zu Misshelligkeiten unter den Menschen, die unter demselben Dach schliefen und dieselben Wege gingen. Die erste Überraschung war groß, aber nicht von langer Dauer. Die Leute konnten sich nicht verständlich machen und verstanden auch ihr Gegenüber nicht. Als jeder die Schuld beim anderen suchte, wuchsen sich kleine Dispute zu Wut und Streit aus. Der Bund war zerbrochen und hatte sich in Spaltung verwandelt. Bald schon waren die Leute erschöpft und ließen voneinander ab. An den Berghängen tauchten Gruppen von Zweien oder Dreien auf, die, ihr Hab und Gut auf der Schulter, fortgingen. Die Menschen verließen das Land, auf dem sie ihren ersten Atemzug getan hatten. Noch bevor die Sonne unterging, war das Land zwischen den zwei Strömen wie leergefegt.

Am Fuß des Berges kamen nur so viele Menschen zusammen, wie eine alte Frau Zähne im Mund hat. Es waren die letzten Verbliebenen aus den verlassenen Dörfern. Sie sprachen eine seltene Sprache, die aus den Stimmen des Flusses und der Liebe geflochten war. Hier sahen sich auch die Frau und der Klempner wieder. Sie staunten, als sie lauschten und nie zuvor vernommene Stimmen hörten. Dem Ton nach erwachte sacht ein am Felsen haftendes Samenkorn, eine unterirdische Quelle machte sich daran, in der Nähe hervorzusprudeln. Es war die Welt, deren Sprache sie gerade erst erlernten, die zu ihnen sprach. Kurz darauf hörten sie auch den im Erdreich harrenden Wald. Als sie sich niederbeugten und die Erde berührten, erwachte der Wald und wuchs geschwind empor. Es gelang den Menschen, die Ödnis in Leben zu verwandeln und auf dem Erdboden, der heute aus Wüste besteht, einen Wald grünen zu lassen. Ja, dort wo sich die Wüste erstreckt, soweit das Auge reicht, stand damals ein in ewiger Harmonie lebender riesiger Wald.

Die Frau, die alles von Anfang an miterlebt hatte, wanderte durch das dicht mit großen und kleinen Bäumen bestandene Tal und überlegte, wie sie diese große Geschichte ihren Kindern hinterlassen könnte. Eines Abends nahm sie einen Stift zur Hand und begann, die Wörter aufs Papier zu bannen, damit sie nicht zerstreut wurden und verloren gingen. Sie berechnete auch die lange Zeit, die verstreichen würde, und legte ein Basilikumblatt zwischen die Seiten. Der würzige Duft sollte die Wörter betören und einschlummern lassen, bis der Tag käme, an dem die Finger einer anderen Frau sie berühren und die Geschichte lautlos erwachen würde. Die Wörter versprachen, bis dahin zu warten, rollten sich gemeinsam mit dem Wald, in dem sie sich verbargen, zwischen den Heftseiten ein und schlossen die Augen.

Die schwarze Perle am Himmel

Es war einmal, es war keinmal,
der ewige Kreislauf der Zeit
hielt bei der Liebe inne …

Eine Handvoll uralter Wörter, die von Armut reden wollten, harrten in der Ecke, in die sie geschoben worden waren. Diese Vokabeln, die den Menschen an den Tod gemahnten, waren aus den Wörterbüchern verbannt und nur noch in Märchen vom Keinmal übrig. Und in einem dieser Märchen gab es ein armes Ehepaar, das einander in großer Liebe zugetan war.

Der Mann war Holzfäller. Er merkte es nicht, doch seit einer Weile folgte ihm der unheimliche Engel namens Azrael auf Schritt und Tritt. Ohne von dem schwarzen Schatten hinter sich zu ahnen, stapfte der Holzfäller durch den Wald, suchte nach morschen Stämmen und marodem Holz und versah dann mit seiner mächtigen Axt seine Arbeit. Eben dies ärgerte Azrael. Denn der Mann wählte stets solche Bäume aus, deren Zeit gekommen war, ließ sie keinen Tag zuviel und keinen Tag zu wenig leben, trat vor sie hin und nahm den mächtigen Stämmen das Leben, im selben Augenblick, da sie selbst es aushauchten. Seine Frau kam nicht mit in den Wald, sie blieb in der Hütte, stapelte Holz auf, schliff die Axt, lud dann das Tageslicht ins Haus und wartete auf den Holzfäller. Das Leben der beiden löste bei dem gewaltigen Engel ein lautloses Jucken an den Flügeln aus. Nicht nur besaß der Mann ein derart feines Gespür, dass er ihm seine Aufgabe hätte streitig machen können, obendrein lebte er in einer aus Liebe gemauerten Bastion. Als das Jucken an seinen Flügeln überhandnahm, schlich sich Azrael in den riesigen Saal, in dem die Akten verwahrt wurden, überging die buchführenden Engel und setzte eigenhändig den Namen des Holzfällers auf die Liste jener Sterblichen, denen die Stunde geschlagen hatte. Das konnte auf Dauer natürlich nicht geheim bleiben, doch wenn es herauskäme, wäre es längst zu spät. Endlich atmete Azrael erleichtert auf, jagte zurück und hockte sich vor das Fenster der Hütte. Er faltete die Flügel zusammen, damit sie raschelten und die Hausbewohner weckten, legte sie beiseite und wartete ungeduldig auf den Tagesanbruch.

Am Morgen erwachten der Holzfäller und seine Frau in eigenartiger Stimmung. Kaum schlug die Frau die Augen auf, lauschte sie auf die flackernden Zeichen ringsum. Offenbar war etwas geschehen. So schmeckte schon das Brot nicht, das sie aßen. Der Frieden der kleinen Hütte war verflogen, in den Augen ihres Mannes tauchten seltsame Funken auf. »Als hätte sich sein Los verändert«, dachte die Frau und trat ans Fenster. Sie sah zwar Azrael nicht, der zwischen den Blumentöpfen hockte, doch die Farbenpracht vor der Hütte war verblasst, die Blumen in den Töpfen froren. »Etwas verdunkelt die Sonne«, erkannte die Frau, »es ist, als hätte jemand eine schwarze Perle in den Himmel gehängt.«

»Geh heute nicht in den Wald«, bat sie ihren Mann. »Doch muss es unbedingt sein ... dann geh nicht ohne mich.«

Der Holzfäller war ein vernünftiger Mann. Er wusste, dass manche Dinge sich verhindern ließen, andere aber nicht hören wollten. Liebevoll wie gewohnt lächelte er seiner Frau zu, schulterte die Axt und machte sich mit dem Maultier auf den Weg. Auch er spürte, dass etwas seltsam war. Seine Füße wollten laufen, doch sein Körper kam nicht hinterher. Die Axt, die er seit vierzig Jahren trug, wog heute schwer wie ein Fels. Er wusste nicht, was er tun sollte. Ging es nach seiner Mutter, so halfen Zwiebel und Brennnessel gegen jede Unbill. Doch würden sie auch ihm nützen? Er schüttelte den Kopf und stapfte weiter den mit Gras bewachsenen Hügel hinan. Zwei Schritte hinter ihm folgte Azrael. Die Hände in den Taschen, schwenkte er seine Kutte und lief ihm vergnügt hinterdrein. Er wollte die Anzeichen des nahenden Todes beim Holzfäller genießen. Und er sah, wie jener sich schwerfällig dahinschleppte, als wären ihm Steine an die Füße gebunden; immer wieder schüttelte er den Kopf und murmelte vor sich hin, also trübte sich bereits sein Verstand, wie es schien. Azrael wartete auf den Stachel, der sich ihm ins Herz bohren würde.

Auf dem Hügel blieben sie stehen. Der Holzfäller ließ das Maultier laufen und machte sich daran, die Axt zu schleifen. Doch damit kam er nicht weit, mittendrin brach er zusammen und sank zu Boden. Als die Sonne unterging, war er nicht wieder auf die Beine gekommen. Allmählich ging Azrael auf, dass Neid und Wut fehl am Platze waren. Er hätte die Sache zu Ende bringen können, ohne auch nur einen Finger zu rühren. Gleich würde der Mann in Tiefschlaf fallen und nie wieder aufstehen; wenn er aus dem Schlaf erwachte, wäre er schon bei den Engeln. Zwischen Schlafen und Wachen spürte der Holzfäller im Herzen den braunen Stich eines Stachels. »Etwas ist geschehen«, dachte er. »Etwas ... Ich sterbe.« Er wollte die Augen öffnen, doch vermochte er es nicht, und so sank ihm der Kopf auf die Brust.

Nicht bloß Azrael beobachtete den Holzfäller. Auch die Frau war ihm gefolgt. Schritt für Schritt war sie ihm hinterher gegangen und hatte gesehen, dass die Stellen, auf die seine Füße getreten waren, schwarz wurden, die Gräser sich krümmten und verdorrten. In einem Winkel verborgen hatte sie die Augen nicht von ihm gelassen, bis die Sonne unterging. Als sie aber sah, dass sein Kopf nach vorn fiel, eilte sie zu ihm. Sie nahm ihn in die Arme, hob seinen Kopf, sprach ihn an, damit er die Augen öffnete, berührte sein Gesicht. Der Holzfäller träumte, er stürze in einen ganz aus Stille gemachten Brunnen hinab, seine Frau hörte er nicht. Hohe Mauern rasten rings um ihn vorüber. Die Frau umarmte ihn fest und drückte ihn an ihre Brust. In der Stille vernahm der Holzfäller ein Pochen im Herzen.

Azraels Laune hob sich, als er sah, wie die Frau Widerstand leistete. Er freute sich wie ein Gaukler, der unter seinem Umhang die bunten Schachteln zählt. Hunderte Tricks hatte er auf Lager, doch zunächst wollte er die Frau ein wenig prüfen. Er blies die Backen auf und pustete, ohne sich ansonsten zu regen, dem Holzfäller seinen Atem ins Gesicht. Die Frau konnte Azrael nicht sehen, wohl aber erkannte sie den Hauch auf der Miene ihres Mannes. Eins nach dem anderen verblichen ihm Wimpern und Haare. Sie nahm sein Gesicht zwischen die Arme, versuchte, den Windhauch aufzuhalten. Der Hauch floh aus seiner Miene und sprang dem Mann auf Brust und Hände. Die Frau griff mit einer Hand nach seiner Brust, nach seinen Armen, seinen Händen ... Doch vergebens. Sie bekam den Hauch nicht zu fassen. Als der Atem des Holzfällers schwach und schwächer wurde und seine Brust sich nicht mehr hob und senkte, geschah ein Wunder. Aus dem vor Kummer stöhnenden Leib der Frau wuchs ein neuer Arm hervor, wieder umarmte sie ihren Mann mit aller Kraft.

Einen Atemzug lang hielten alle Stimmen und Schatten der Natur inne und bestaunten den sonderbaren Anblick. So etwas hatte Azrael noch nie erlebt. Ihm wurde klar, dass die Frau nicht zu unterschätzen war, und er entschied einzugreifen. Umgehend machte er sich daran, die Leere im Innern des Holzfällers zu vergrößern. Die kleine Stelle, die der Stachel gebohrt hatte, weitete sich, und alles, was der Holzfäller je erlebt hatte, Genüsse, Stimmen, Gerüche verließen ihn. Die Frau spürte das Wesen des Mannes in ihren Armen schwinden. Da ließ sie rasch ihre Haare wachsen. Sie machten wieder lebendig, womit sie in Berührung kamen, und rannen dem Holzfäller wie Regen ins Herz. Fassungslos breitete Azrael die Flügel aus und schwang sich neben das Paar. Um seine Sache zu Ende zu bringen, versuchte er den Mann an Stellen zu berühren, wo die Arme der Frau nicht hinreichten. Doch je mehr er sich abmühte, desto stärker wucherte der Leib der Frau. Als der mächtige Todesengel keine Stelle mehr fand, durch die er in den Mann hätte eindringen können, packte ihn die Wut. Es war längst dunkel, er hatte noch etliche Leben zu nehmen, stattdessen aber drehte er sich unablässig um diese beiden. Sein Zustand war erbärmlich, äußerst erbärmlich. Vom hektischen Kreiseln war sein Rock zerfleddert, er sah aus wie ein Bettler mit zerfetztem Umhang. Zudem war es spät geworden, die Buch führenden Engel machten ihre Einträge um Mitternacht. Hätte er die Sache bis dahin nicht erledigt, würde herauskommen, dass der Name des Holzfällers fälschlicherweise auf die Liste geraten war. Als er daran dachte, beschleunigte er abrupt sein Kreisen und wirbelte Staub auf.

Als die Frau aus heiterem Himmel den Sturm hereinbrechen sah, wusste sie: Sie hatten es mit dem Tod höchstpersönlich zu tun. Sie biss die Zähne zusammen, wandte ihre gesamte Kraft auf, dehnte ihren Leib weiter und weiter aus und hatte kurz darauf den Holzfäller vollständig umfangen. Doch sie hielt nicht inne, drang vielmehr in die Erde ein und schlug kräftige Wurzeln wie ein Baum. Azrael zitterte vor Wut. Warum, fragte er sich, versuchte er überhaupt, die Frau unangetastet zu lassen? Ob einer oder zwei, was machte dasfür einen Unterschied, dachte er. Er war hier der Henker, da würde er eben statt einem, gleich zweien das Leben nehmen. Wieder juckten ihn die Schwingen. Er begann in den Himmel hineinzuwachsen. Kurz darauf war er so riesig, dass er nicht nur die Frau und den Mann, sondern beinahe das halbe Tal umfassen konnte. Die Frau war nur noch ein winziger Punkt ganz unten. Sie klammerte sich an die Erde und starrte in die Finsternis. So erwartete sie den neuen Sturm, ohne zu wissen, woher er kommen würde. Azrael wuchs und wuchs, die Frau verwurzelte sich immer tiefer im Erdreich. Jene Nacht ... sie dauerte eine Ewigkeit.

Um Mitternacht hallte ein Geräusch wie gewaltiges Krächzen von Raben über die Ebene. Ein Engel hatte den Fehler im Buch bemerkt, der Bann war gebrochen. Vor

Schreck hatte der arme Engel das gigantische Buch fallen lassen, die anderen Engel umringten ihn. Ein unrechtmäßiger Tod war schlimmer als die größte aller Sünden. Die Engel eilten an den Rand des Nachthimmels, schoben die Sterne beiseite und spähten in die Ebene hinunter. Der Anblick, der sich ihnen bot, war ungeheuerlich. Unten wütete Azrael und riss Bäume aus. Im Auge des Wirbelwinds aber hockte eine zu Stein erstarrte Frau. Sie hielt ihren Mann fest umschlungen und zuckte nicht einmal mit den Lidern. Auf der Stelle schlugen die Engel die Bücher des Paares auf. Als sie die Einträge lasen, staunten sie gar sehr. Offenbar hatte die Frau aus der finsteren Ebene hinaufgelangt und eigenhändig beider Los geändert. Die Engel spähten zu Azrael hinunter, der auf der Erde wütete, dann wechselten sie Blicke. Das Krächzen der Raben war noch nicht verklungen. Auch im Jenseits dauerte jene Nacht eine Ewigkeit.

Wie stets erwachte der Holzfäller bei Tagesanbruch. Er spürte verklumpte Schmerzen im Körper und uralten Schlaf. Was aber war das für ein Körper! Zehn, vielleicht fünfzehn Meter hoch gewachsen war er, strebte mit Macht in den Himmel empor. Seine Haut war von grünsilbrig schillernden, harten Blättern umhüllt. Als er einen Spalt breit die Augen öffnete, wunderte er sich gewaltig, er hatte keine Hände und Arme mehr, kein Gesicht und keine Beine. Anstelle seines Körpers stand eine jahrhundertealte Platane. Nicht aus der Erde war sie gewachsen, sondern wurzelte im Stamm einer anderen Platane. Er lauschte und hörte die Platane, in der er wurzelte, mit der Stimme seiner Frau lachen und sprechen.

Die beiden Platanen grünten und wuchsen kräftig. Irgendwann reichten ihre Zweige in den Himmel und schlugen dort Wurzeln. Sie durchwanderten alle Himmel und Welten, die eine über der anderen geschaffen waren. Bald wuchsen Platanenzweige aus den nebligen Bergen des Paradieses. Da erst hielten sie inne und blickten einander an. Noch immer standen sie Stamm in Stamm. Angst und Zeit hatten sie weit hinter sich gelassen. Sie drehten die Köpfe zur Sonne, und geschwind wölbte sich das Himmelsblau weiter und weiter.

Die Geschichte der Erde

Träge hockten zwei betagte Männer auf der Weide, wo sie vier Schafe und ein Kamel hüteten. Als die Sonne über die Bäume geklettert war und sich der Wüste näherte, erhoben sie aus heiterem Himmel ihre Stimmen und gerieten in Streit. Beide Männer waren hochgewachsen und hager. Tiefe Runzeln zeichneten ihre Gesichter, und alle vier, fünf Schritte schüttelte sie der Husten, und ihre Rücken waren krumm wie Hirtenstäbe. Seit fast hundert Jahren waren sie Freunde und konnten es dennoch nicht lassen, sich starrköpfig zu kabbeln. Dieses Mal aber blieb es nicht bei Geschrei, sie gingen gar mit Fäusten aufeinander los. Jakob der Krausbart war schneller und brachte den gleichaltrigen Beduinen mit einem Hieb gegen die Brust zu Fall. Der alte Beduine, den sie im El-Sirhan-Clan Hasan riefen, war gebrechlich. Das Herz in seinem schmalen Brustkorb hielt dem Hieb nicht stand, und noch bevor Hasan zu Boden ging, war er tot. Da lag sein lebloser Körper nun auf dem Gras. Jakob verstand nicht, was geschehen war. Eine Weile ballte er weiter die Fäuste und grummelte vor sich hin. Die Sonne steckte schon bis zum Hals im Wüstensand, die Tiere trotteten von der Weide. Hasan aber machte noch immer keine Anstalten aufzustehen, er blieb liegen, wo er hingestürzt war. Endlich beugte Jakob sich über den Freund und betastete ihn mit knöchernen Fingern. Trotz der Wüstenhitze wurde das Gesicht des alten Beduinen schon kalt. Da sprangen Jakob die Tränen in die Augen, er brach zusammen wie ein Zelt, dem die Schnüre gekappt wurden. So harrte er an Hasans Seite aus, bis Dörfler kamen und sie fanden. Jakob war mein Onkel. Als er den Freund totschlug, war er fast achtzig.

Früher gab es hier fünfzig Mal, tausend Mal mehr Christendörfer als heute. Die meisten Menschen aber verließen den heiligen Heimatboden und wanderten aus. Im Sandmeer, das sich erstreckt, so weit das Auge reicht, sind nur Drusen und umherziehende Beduinen geblieben. Jakob war ein beherzter Mann. Während all seine Verwandten und Bekannten fortgingen, blieb er mit seinem Sturkopf hier und zog mich in dieser gelben Wüste auf. Oft erzählte er mir von meinen Eltern, die viele Jahre zuvor mit uns zusammen hier gelebt hatten. Ich sei fünf gewesen, als sie nacheinander bei einer Epidemie ihr Leben ließen. Weil die Leute im Dorf sich vor der Krankheit fürchteten, wurde alles, was die Toten hinterließen, verbrannt, Kleider, Schuhe, Kämme, einfach alles. Sogar die Haarspangen, die Vater meiner Mutter aus Ägypten mitgebracht hatte. Denn bevor er Mutter kennenlernte, hatte mein Vater auf großen Schiffen die Meere befahren. Dann erblickte er eines Tages meine Mutter und wusste sofort, wonach er all die Jahre auf den Meeren Ausschau gehalten hatte.

Das einzige, was außer den Erinnerungen in Jakobs Kopf von den beiden noch vorhanden war, das war ein kleines, goldenes Kreuz. Es hatte meiner Mutter gehört. Als ich fünfzehn wurde, gab Jakob es mir und ließ mich schwören, dass ich es bis zum Tod aufbewahre. Immer wieder sagte er, wie sehr ich meiner Mutter ähnelte. »Ach, Mary«, seufzte er. »Dein Vater hat deine Mutter sehr geliebt ... Ach, Mary, eines Tages wirst auch du einen Mann lieben.«

Jakob besaß dicke Bücher voller Bilder von anderen Ländern. Die hatte mein Vater von Orten mitgebracht, an die er mit dem Schiff gereist war. Statt Buchstaben enthielten sie seltsame Zeichen, so dass wir sie nicht lesen konnten, und die Bilder betrachteten und Geschichten dazu erfanden. Geschichten, die von Städten erzählten, auf die vom Himmel Sterne gerieselt waren und sie mit einer milchweißen Schicht überzogen hatten, von breiten Schilfstreifen am Seeufer, von unberührten Wäldern. Abends besuchten wir unbedingt die kleine Kirche und beteten für meine Eltern. Jakob war ein frommer Mann, wollte aber nicht, dass ich meinen Kopf mit jenseitigen Welten vollstopfte, deshalb zeigte er mir lieber diese Welt. Vor allem die Wüste. Denn darin gab es alles, den Tod, das Leben, Menschen, Wege ... Der Wind, der nachts am Fenster heulte, die Sanddünen, die sich jeden Morgen an anderer Stelle auftürmten, alles kam von dort. Ich war fünfzehn und hielt Ausschau, denn auch der Mann, den ich einst lieben würde, würde dorther kommen.

Hasans Tod löste Bewegung im Clan der El Sirhan aus. Der Scheich und der Kadi der Sippe kamen zusammen und riefen den Kasas hinzu, den Kundigen der Traditionen und Riten. Das große Buch der Stammesbräuche wurde aufgeschlagen. Dort stand geschrieben, der Familie des Toten seien vierzig Kamele, ein weißes Dromedar und ein Mädchen auszuhändigen. Hätte Jakob Kamele und Dromedare besessen, hätte er ohne zu zögern alle hergegeben, doch außer vier Schafen besaßen wir nichts. So nahmen die Männer, die an unsere Tür klopften, mich mit sich fort. Es stand nicht in Jakobs Macht, mich zu retten, auch nicht in der unseres Dorfes, ja, nicht einmal die versammelte Macht der ganzen Welt hätte dafür ausgereicht. Fünf Männer kamen an die Tür. Doch hinter ihnen saßen etliche weitere Männer auf ihren Pferden. Kein einziger trat ein, sie schickten ihre langen, starken Arme vor und rissen mich von der Schwelle unserer hölzernen Tür, die sich damals an drei, vier Stellen mit glänzenden Scharnieren an unser Zuhause klammerte. »Tyrannen!«, brüllte Jakob. Er wirkte wie ein zitternder alter Baum. Ich dagegen glich den Gräsern, fest verwurzelt, aber dürr. Als sie mich abrissen, blieb ein großes Stück von mir in seinem alten Herzen.

Drei Mann führten das Kamel, auf das sie mich gesetzt hatten. In einer halbmondförmigen Reihe ging es in die Wüste hinaus. Da reifte in mir die Überzeugung, alles sei ein böser Alptraum. Ich hatte schon früher schlimme Träume gehabt, doch dieses Mal vermochte ich nicht aufzuwachen. Ich schloss die Augen und stellte mir vor, zu Hause zu sein. Offenbar war ich vor dem Abendgebet eingeschlafen. Mein Verstand funktionierte, also war es an der Zeit, die Augen zu öffnen. Ich musste nur die Zähne zusammenbeißen und richtig wach werden. Doch immer, wenn ich die Augen aufschlug, sah ich ringsum nur Wüste. Denn damals wusste ich noch nicht, wie man träumt. Einen Tag lang dauerte die Reise. In der Abenddämmerung tauchten auf einem von den Sanddünen freigegebenen grünen Flecken größere und kleinere Zelte auf. Der nächste Verwandte des alten Hasan, den mein Onkel, unser Heiliger Vater im Himmel vergebe ihm seine Sünden, getötet hatte, war dessen Sohn Ahmed. Man brachte mich in sein Zelt. Ahmed war nur sechs, sieben Jahre älter als ich und hatte bereits eine Frau. Im schummrigen Zelt aus Kamelhaar starrten wir drei einander an.

Meine Arbeit als Dienerin begann noch am selben Abend. Da Ahmed kein Wort verlor, erteilte mir seine Frau Havva Anweisungen. Sie nannte mich Meryem und bedeutete mir mit der Hand oder dem Kopf, welche Aufgabe ich zu verrichten hatte. Mein Leben lang habe ich keine Nacht erlebt, die länger und düsterer war als die erste Nacht in jenem Zelt. Ich entsinne mich, am nächsten Morgen voller Angst erwacht zu sein. Ringsum ein Trappeln, ein Treiben. Die Zelte wurden abgebaut, die Kamele beladen. Als man Schafe und Lämmer zusammentrieb, verstand ich endlich, der Stamm zog weiter. Ich sah, wie Ahmed seine Frau vor dem Wüstenwind schützte, sie eigenhändig in ihren Überwurf hüllte und anschließend auf ein Kamel setzte. Nach mir schaute niemand. Als die Karawane gemächlich aufbrach, zögerte ich einen Augenblick, dann lief ich hinterdrein. Wohin sonst hätte ich gehen sollen?

Bevor es Abend wurde, hielt die Karawane mitten in der Wüste an und die Beduinen machten sich unverzüglich an die Arbeit. Ringsum wuchsen Zelte aus dem Boden, bald stieg Rauch über Herdfeuern auf. Vermutlich würden wir am nächsten Morgen auch von diesem Ort in aller Eile wieder aufbrechen. Ich stand in der Nacht und schaute mich um. Da überfiel mich ungeheure Angst. Ein Zuhause gab es nirgendwo.

Jakobs Strafe lautete, ich sollte Ahmed einen Sohn gebären. Aus diesem Grund wurde dem nächsten männlichen Angehörigen des Toten ein junges Mädchen übergeben. Sobald der Sohn in der Lage wäre, mit der rechten Hand einen Krug zu halten und ein Schwert zu heben, wäre die Strafe verbüßt. Wenn ich anstelle des Lebens, das wir seiner Familie genommen hatten, Ahmed ein neues Leben von seinem Blut schenkte, könnte ich zu Jakob heimkehren. Der Sohn jedoch würde selbstverständlich niemals als mein Kind gelten.

Mein einziger Wunsch war, so bald wie möglich bei Ahmed zu liegen und ihm einen Sohn zu gebären. Anschließend würde ich wieder Tage und Monate zählen, dann aber wissen, dass ein Ende in Sicht war. Doch wie sollte all das geschehen? Ahmed schaute mir nicht einmal ins Gesicht und sprach nicht mit mir, geschweige denn, dass er mich auf sein Lager genommen hätte. Die Trauer um seinen Vater war noch frisch, sein Zorn gegen mich gewaltig. Dass wir von unterschiedlichem Glauben waren, hatte ihn, das spürte ich, nur umso zorniger gemacht. Mutters goldenes Kreuz hatte ich nicht abgelegt, verbarg es aber wohlweislich unter der Kleidung, damit man es nicht sähe. Weder betete ich in der Öffentlichkeit noch schlug ich ein Kreuz. Dennoch weigerten sich Ahmed und Havva zu vergessen, dass eine Christin ihr Mahl teilte. Auch kein anderer aus dem Clan sprach mit mir. Sie benahmen sich, als gehörte der Zorn ihnen allein. Dabei war ich es, die aus ihrem Zuhause gerissen und in die Wüste verbannt war! Auch wunderte sich niemand darüber, wie es mir gelang, am Leben zu bleiben, zu sehr waren sie mit ihrem Hass auf das Christenmädchen beschäftigt, das sich wie ein scheues Tier unter ihnen bewegte. Ich war erst fünfzehn Jahre alt, mir stand alles Recht auf Angst und Hass zu. Ich war es, die allein unter Dutzenden Menschen wie eine Aussätzige in einem Winkel ausharrte, die sich an ihre erfundenen Geschichten klammerte und betete, die Angst möge vergehen.

Ich hatte nichts außer den Geschichten. Am Rand meiner schwachen, verzweifelten Phantasie ruhte ich aus, schöpfte Atem und sammelte die Kraft, die mir erlauben würde, noch ein wenig durchzuhalten. Als ich erkannte, dass mir einzig dieser Weg zum Überleben blieb, begann ich, die Sache ernst zu nehmen. Die Phantasien wurden zu etwas Handfestem mit einem Leib, den ich berühren, an dem ich mich festhalten konnte. Sie glichen den Fingernägeln, die ich ins Leben geschlagen hatte. Ohne sie hätte ich keinen Tag ertragen. Meist schloss ich die Augen und stellte mir ein magisches Tor vor. Bald schon tauchte es vor mir im Wüstensand auf, und wenn ich mich näherte, erblühten dahinter bunte Blumen. Es öffnete sich auf einen riesigen Wald. Zwischen den Bäumen stand jemand. »Mari«, rief er mich aus der Ferne, »Mari …« Meinen Namen zu hören, löste Erleichterung aus, ich sog frische Luft in meine Lungen. Auch meine Eltern waren dort irgendwo, mal warteten sie gleich hinter dem Tor auf mich, mal unter sonderbaren, prächtigen Bäumen. Als ich wahre Meisterschaft entwickelte, wich der illusionäre Wald einem hohen Tal in den Wolken, einem Seeufer, an dem die Sonne stand und Wasser trank, und später stillen Buchten, in die sich ein endlos weites Meer ergoss. Was auch immer es war, nie war irgendwo die Wüste zu sehen, und sei es auch nur von ferne. Ich hatte gelernt, dass Sand den Menschen mitsamt seinem Namen schluckt und vernichtet.

Nie blieben wir länger als drei, vier Tage an einem der

Orte, an denen wir das Lager aufschlugen. Kaum war man mit den Gewässern, den Bäumen der Umgebung vertraut, da wurde das Feuer im Herd schon wieder gelöscht, seine Steine auseinandergenommen, das Vieh zusammengetrieben, und voller Langmut brachen wir erneut auf. Dabei gab es nichts hinter den Sanddünen, die das Sternenlicht vor uns auftürmte und beleuchtete. Bevor mein erstes Jahr in Ahmeds Zelt herum war, hatte ich gelernt, dass alle Oasen leer, alles Gesträuch abweisend war. Denn längst hatte die Einsamkeit alles vernichtet. Die Beduinen aber wanderten weiter unermüdlich durch die Sanddünen. Was suchen sie, fragte ich mich, was nur? Zwei Jahre lang wunderte ich mich darüber. In diesen zwei Jahren sprach Ahmed kein einziges Wort zu mir.

Eines Nachts gegen Morgen weckten mich Schritte im Zelt. Im Dunkeln glitt ein Schatten an mir vorüber hinaus. Neugierig schlüpfte ich aus dem Zelt und sah Ahmed. Er stand vor dem kaum noch glimmenden Feuer und starrte in die Finsternis. Der Clan schlief, ringsum war kein Mensch zu sehen. Auf einmal begann er zu sprechen. »Dein Onkel hat uns meinen Vater genommen«, sagte er. Er hatte sich nicht umgedreht, wusste aber, dass ich da war. »Dabei waren die beiden gute Freunde. Warum hat dein Onkel das getan, Meryem?« Dann schritt er durch die Dunkelheit davon.

Ahmed war ein kräftiger, dunkelhäutiger Mann. Von weitem war er nicht von den anderen zu unterscheiden, weil er zum Schutz vor dem schneidenden Sand das Gesicht verhüllte. Ich könnte gar nicht sagen, ob ich ihn mochte. Es ist ohne jede Bedeutung, ob man sein Schicksal mag. Zwei Jahre hatte es gedauert, bis Ahmed mit mir sprach, bis er mich berührte, brauchte es ein weiteres Jahr. Wir lagerten in der großen Oase. Die Schafe hatten sich auf der Weide verteilt, ich war inmitten der Felsen in Betrachtung des entlangfließenden Bachs versunken und mitsamt meinen Geschichten eingeschlafen. Als mir Sand ins Gesicht flog, wachte ich auf, es war dunkel geworden. Es gab niemanden, der nach mir gefragt hätte, ich stand auf und trödelte zu den Zelten hinüber. Ahmed und Havva saßen am Feuer. Ich schlüpfte ins Zelt, ohne dass sie mich sahen. Sie hatten bereits gegessen und alles so stehen gelassen. Ich machte mich ans Aufräumen. Kurz darauf kam Havva zu mir. Sie war noch grantiger als sonst und in ihren Augen glomm ein seltsamer Blick. »Er lässt dich rufen«, flüsterte sie, bevor sie wieder hinausging.

In jener Nacht geschah es. Ich spürte, dass Ahmed einen Samen in mich gelegt hatte. Auf einmal durchströmte mich das Vorgefühl, nun werde alles gut. Ich dankte der Heiligen Maria, dass sie meine Hoffnung auf Rettung wieder aufkeimen ließ. Das Tageslicht aber spitzte Havvas Missmut noch zu. Grantig ging sie umher und murmelte Gebete. Einmal sah ich, wie sie verloren in die Ferne schaute, in ihren Augen standen Tränen. Als ich das Zelt betrat, bemerkte sie mich erst gar nicht, dann starrte sie mich mit einem irren Blick an und schrie aus

Leibeskräften: »Komm hier bloß nicht rein, du Unheilsbringerin! Raus hier, raus mit dir!«

Seit jeher hatte ich sie gefürchtet. Nie werde ich den Tag vergessen, an dem ich zum ersten Mal Tränen in ihren Augen sah. Denn unmittelbar hinter den Tränen funkelte ein mächtiger Hass. Ich stürzte hinaus und jagte zwischen den Zelten hindurch. Wusste die Frau denn nicht, wie sinnlos die Wut war, die in ihrem Herzen explodierte? Dass Ahmed nur ihr beiwohnen wollte, auch wenn er mich auf sein Lager nahm? Die beiden schliefen im großen Raum des Zeltes. Ein Vorhang aus Ziegenleder trennte mich von ihnen. Ich war diejenige, die allein war, die sich in manchen Nächten gern an den Vorhang geschmiegt und ihren Stimmen gelauscht hätte. Ihren Überwurf band Ahmed stets persönlich und, obwohl ich bei ihm gelegen hatte, wandte er sich mir kein einziges Mal zu. Gäbe es einen Weg, liefe ich davon, wäre es irgend möglich, würde Ahmed mich eigenhändig hinauswerfen. Doch die Strafe, die sie uns ans Bein gebunden hatten, glich den Schnüren, die das Zelt aufrecht hielten. Weder vermochten wir, uns nahezukommen, noch konnten wir einander den Rücken zukehren und gehen. In einem hundserbärmlichen Gleichgewicht hatten sie uns aneinander gefesselt. Havvas Wut war unangebracht. Was gemäß der Sitte diese abartige Familie aufrechterhielt, war einzig und allein Jakobs Strafe.

Von ihm hatte ich nichts gehört, seit ich hier war. Mitunter kam mir der Gedanke, auch mein armer Onkel könnte inzwischen gestorben sein, wie der alte Hasan, eiskalt drang mir die Angst bis ins Mark und lähmte mich. Dann hätte ich kein Zuhause mehr, hätte keinen Ort, an den ich heimkehren könnte, hätte niemanden mehr ... Im Frühling nahm ich von solchen Gedanken Abstand, denn mittlerweile wölbte sich mein Bauch. Jetzt ist es bald vorbei, dachte ich und betete lange. Endlich würde ich heimkehren und schauen, wie Jakob alt geworden war. Doch Hoffnung ist nicht ohne Angst zu haben. Als es Sommer wurde, fürchtete ich, das Kind könnte ein Mädchen sein, und im Herbst, es könnte gleich nach der Geburt sterben. Ach, Heiliger Vater im Himmel ... Gott sei Dank kam es nicht wie befürchtet. Als die Zeit reif war, gebar ich Ahmed einen Sohn.

Mein Sohn war Ahmeds erstes Kind. Nach Beduinentradition wurde die Nabelschnur durchtrennt und ihm ein Name gegeben. Der Stamm feierte das Kind, das Ahmed und Havva geboren war, als hätten alle ein Schweigegelübde abgelegt. Vor dem Zelt gaben die Männer Schüsse für Ahmed ab, drinnen umringten die Frauen Havva. Sie banden ihr Glück bringende Tücher um den Kopf und sangen Gebete. Auch ich war zugegen. Ich lag in einer der vier Ecken des Zeltes, der Geruch des für Havva gekochten Zimtsirups brannte mir in den Augen. Die Eifersucht, die an meinem Herzen nagte, kam völlig unerwartet. Nie hätte ich gedacht, dass ich mir wünschen würde, man gratulierte mir zur Mutterschaft. Ich riss meine Augen los von dem Baby auf Havvas Brust und sagte mir, es sei kein echtes Baby. »Es ist nur ein Zauber, wie die Feen in den Märchen. Es ist gekommen, um mich zu retten. Es wird alles verändern.«

Und so war es. An Schönheit konnte es sich mit den Feen messen, und kaum war es geboren, veränderte es alles. Es brachte Leben ins Zelt und Lachen in unsere stillen Räume. Nie wurde es wie ein Stiefkind behandelt. Ich glaube, Havva hatte schon immer ein Kind gewollt, doch warum auch immer nie eins bekommen. Vielleicht aus diesem Grund, vielleicht auch aufgrund ihrer Liebe zu Ahmed, fremdelte sie nicht mit meinem Sohn, hielt ihn vielmehr stets dort, wo sie ihn zu allererst gehalten hatte: an ihrer Brust.

Auch wenn der Kleine Havva für seine Mutter hielt, wollte er doch ständig bei mir sein. Erledigte ich meine Arbeiten, hing er an mir, kochte ich Kaffee, wartete er an meiner Seite, wollte ich auf zwei Schritte hinaus, klammerte er sich an meine Röcke. Er wollte wissen, was hinter den Sanddünen war, kletterte auf die Felsen, um die Sterne besser hören zu können. Er war ein kluges Kind, von ferne bereits vernahm er das Geräusch von Wasser und Erde und spürte Schmetterlinge auf. Zugleich besaß er Mitgefühl. Nie rührte er eine Ameise auf einem Zweig an. Er liebte es, Geschichten zu hören. So holte ich meine Träume aus ihrem Versteck und erzählte sie wie Geschichten. Er legte sich lang auf meine Beine, richtete die Augen auf mich und merkte sich jedes Wort, das ich erzählte. Er brachte mir Wasser, breitete die Filzdecke über mich, wenn ich schlief, erlebte ein paar Mal, dass ich krank war, einige Male auch, dass ich weinte. Dann ging er mit mir um, wie ich mit ihm, saß an meiner Seite, strich mir mit seinen kleinen Händen übers Haar und erzählte mir unsere Geschichten aufs Neue. Ahmed und Havvas Sohn war mein bester Freund.

Gemeinsam bastelten wir kleine Spielsachen, sein Lieblingsspielzeug waren Schiffe aus Papier. Er gab ihnen Befehl, nach Haifa zu segeln und übergab sie dem Wind wie Vögel, die man zum Himmel aufsteigen lässt. Denn in unseren Geschichten war Haifa ein besonderer Ort. Er war keine Phantasie wie die anderen, er war meine einzige Erinnerung, die es wert war, als Geschichte erzählt zu werden. Meine Mutter, mein Vater und ich waren in jener schönen, unwiederbringlichen früheren Zeit nach Haifa gefahren, weil Vater uns das Meer zeigen wollte. Jakob erzählte mir, meine Mutter habe sich vor dem Meer gefürchtet, am liebsten hätte sie Vaters Hand losgelassen und wäre geflohen. Ich war damals vier und kann mich entsinnen, ins Wasser gelaufen zu sein. Doch über ein paar Schritte hinaus kam ich nicht, Mutter schrie entsetzt und Vater eilte herbei, um mich aus dem Wasser zu holen. Wir saßen lange am Strand. Vater zeigte mir einen Seestern. Er hatte rote Arme, rote Ohren und einen roten Mund und lag lächelnd in Vaters Hand. Als ich Jakob sagte, ich würde mich genau daran erinnern, lächelte er und behauptete, er hätte es mir erzählt. Mir war schleierhaft, warum er mir nicht glaubte.

Wie sollte ein in der Wüste heranwachsendes Kind jemals den Moment vergessen, in dem es zum ersten Mal das Meer erblickt? Der Wind, die von Grün zu Blau changierende Farbe des Wassers, die Reihe Schiffe mit bauchigem Bug, nichts war mir entfallen, und als ich jetzt meinem Sohn davon berichtete, ließ ich kein einziges Detail aus.

Wir saßen im Schatten unter dem Sonnendach hinter dem Zelt. Den Kopf auf meine Knie gestützt, ließ er keinen Blick von mir. Ich erzählte ihm von dem im Hafen ruhenden Meer, von den Kieselsteinen an der Küste, und sagte, eines Tages würde ich wieder dorthin gehen. Denn ich sei nicht von hier, ich sei eine Wanderin. Auf einem der Kamele sei mein Beutel stets gepackt. Eines Tages wäre die Zeit gekommen und ich würde fortgehen. Ich erzählte ihm, wie sehr es mich fortzog, verschwieg aber, dass ich das größte Stück meines Lebens hierlassen würde. Sagte nicht, dass ich kein einziges Haar von ihm je vergessen und jeden Tag in der kleinen Kirche für ihn beten würde, denn ich musste die Geschichte fortsetzen. »An jene Küste werde ich gehen«, erzählte ich. »Dort suche ich mir das stärkste Schiff aus. Denn das Meer schläft nicht immer, manchmal packt es der Wind und wühlt es im Innersten auf. Die Bäume in der Bucht spüren das sofort. Du siehst, wie sie sich zum Meer drehen und achtungsvoll vor ihm verneigen, noch bevor der Sturm losbricht. Noch schlagen die Wellen nicht hoch, da tanzen am Ufer schon die Steine im Wasser.« Er runzelte seine kleine Stirn und kniff die Augen zusammen. Mit Sturm und Kieseln eroberte ein weitläufiger Strand sich einen Platz in seinem Kopf. Da wurde mir klar, dass ich mich unter die Steine am Ufer mischen und in seinem Kopf bergen konnte. Ich fasste ihn bei den Händen und mahnte ihn eindringlich: »Vergiss mich nicht! Vergiss mich nie!«

Denn ich wusste, die Zeit schritt fort, auch wenn wir innehielten. Niemals verlor sie die Spur eines Menschen. Schlussendlich kam sie auch in diese uralte Wüste und spürte uns auf. Als mein Sohn sieben wurde, hieß es, nun sei er groß genug, um, wie das Sittengesetz des Clans es vorschrieb, einen Krug zu halten und ein Schwert zu heben, die Zeit sei reif, es zu prüfen. Die Prüfung sollte als ein Ritual der Männlichkeit vollzogen werden. Als der unglückselige Tag da war, hielt ich es nicht aus in dem Zelt, in dem Scherbett* bereitet wurde und die Ältesten sich versammelten. Ich stürzte hinaus. Ich hätte bleiben, dabei sein und die Gäste bedienen sollen, doch es war mir unmöglich. Ich erklomm die Hügel und lief stundenlang umher. Erst bei Sonnenuntergang kehrte ich zurück. Schon von weitem sah ich, dass Havva für mich ein Kamel hatte satteln lassen und bei ihm wartete.

Es gab keinen Aufschub für meine Abreise. Am nächsten Morgen verabschiedete ich mich vor dem Zelt von

* Süßes, nichtalkoholisches Fruchtgetränk, das gekühlt gereicht wird. (A.d.Ü.)

Ahmed und seinem Sohn. Mein Junge glaubte, ich würde nach Haifa reisen. Er zog eine Schnute, weil ich ohne ihn zu den stürmischen Meeren reiste. Er stellte keine Fragen, schaute mir nicht einmal ins Gesicht. Als sein Vater ihn auf den Arm nahm, war sein Blick gekränkt. Mein Abschied von Ahmeds und Havvas Sohn war ein Schmollen.

Allein konnte ich die Wüste nicht durchqueren. Ein Beduine, der mich bei Jakob abliefern und ihm sagen sollte, seine Strafe sei verbüßt, ritt mir schweigsam voraus. Sand und Sonne waren nicht anders als an dem Tag, an dem man mich verschleppt hatte. In mir suchte ich nach der Freude, von der Strafe befreit zu sein, nach dem Seelenfrieden, nun heimzukehren. Doch mein Herz war leer, vollkommen leer. Die Reise ins Dorf dauerte einen Tag und eine Nacht. Gegen Morgen erkannte ich, dass wir den Hang erreicht hatten, der zur Weide hinunter führte. Es war dunkel, trotzdem hätte das Licht der Kirche zu sehen sein müssen, die Kühle der Weide zu spüren. Je näher wir kamen, umso enger wurde mir ums Herz. Als der Tag anbrach, lag die Szene in aller Deutlichkeit vor uns. Die Weiden waren noch da, doch Häuser und Kirche gab es nicht mehr. Das Dorf war so gut wie verlassen. Als wir den Hügel hinunterritten, erblickte ich Jakobs Haus. Eine Mauer war vor langer Zeit eingestürzt. Selbst wenn jemand darin sein sollte, könnte er mich nicht kommen sehen, es gab keine Fenster mehr, unser Haus war erblindet. Die Tür hatte schon lange keine glänzenden

Scharniere mehr. Einem hölzernen Vorhang gleich lehnte sie mit letzter Kraft an der Mauer und war drauf und dran umzukippen. Auf einmal wurde mir klar, dass ich nicht hierher kommen, hier bleiben, hier sterben wollte. Ich würde nicht zu den Ruinen rennen, nicht nach rottigen Resten meines Zuhauses suchen, nicht die drei, vier verbliebenen Nachbarn nach Jakobs Grab fragen und Klagelieder anstimmen. Ich drehte mich zu dem Beduinen meiner Begleitung um und bat: »Nach Haifa! Bring mich nach Haifa!« Ich riss mir das goldene Kreuz vom Hals und drückte es ihm in die Hand. »Ich flehe dich an, bring mich nach Haifa!«

Denn ich sagte mir, auch ich könnte sterben. Würde sterben wie alle anderen. Ich dachte nicht an den Sohn von Ahmed und Havva, nicht an meine Eltern, nicht an Jakob. Ohne einen Gedanken an das Leben, an die Liebe würde ich sterben. Gäbe es doch bloß noch irgendetwas. Irgendetwas, woran ich mich festhalten könnte, und sei es verzweifelt und schwach, etwas wie die an der Mauer lehnende alte Tür … Doch längst hatte ich die Hoffnung auf das Leben und die Träume aufgegeben. Wenn ich jetzt die Augen schloss, flog ich nicht mehr an kühle Ufer und zu nach Regen duftenden Wäldern. Nun saßen nur mehr schwarze Flecken hinter meinen Augen.

Ich hatte gelernt, dass die Wirklichkeit ein Schmerz ist, den man im Herzen trägt. Es ist sinnlos, nach Wäldern in der Wüste zu suchen oder nach Mündern, die sagen, bleib, geh nicht fort. Was wir Leben nennen, besteht von oben bis unten aus Schmerz. Wir erleben Furchtbares, Dinge, die uns niederdrücken, die uns zermalmen. Wie kann es sein, dass all dies kein Tröpfchen Barmherzigkeit mehr in der Welt entstehen lässt? Warum will keiner vom Tor der Hölle zurück? Warum setzt jeder die Schuld seines Vorgängers fort und fügt anderen weiterhin Schmerz zu? Berg und Stein, die ganze Welt ist voll von unseren Geschichten, die verbrennen und zu Asche machen, was sie berühren. Sie sickern in die Erde ein, die riesengroße Welt windet sich in von uns geschaffenem Leid.

Doch ich bin nicht länger traurig. Wie gut, dass ich dem Sohn von Ahmed und Havva beigebracht habe, Schiffe aus Papier zu basteln und im Wüstenwind segeln zu lassen. Denn sobald er etwas größer ist, wird er das Meer mit eigenen Augen sehen wollen. Er braucht dann keinen Führer wie ich, er wird in die Wüste aufbrechen und seinen Weg selbst finden. Es reicht, wenn er nur ein einziges Mal das Meer erblickt. Die breitbrüstigen Schiffe im Hafen und der Wind werden ihm den Verstand rauben. Beim ersten Wispern wird er daran denken, dass er zur Welt gekommen ist, um in Freiheit zu leben. Ich weiß, er wird erkennen, dass wir auf den Stufen zur Hölle stehen, dass wir unser Leben in von anderen gewobenen Lügen verbringen und dass die Welt kein solcher Ort sein sollte.

Ich weiß es. Denn er war schon immer ein kluges Kind. Als er noch ganz klein war, wollte er bereits wissen, was

Schnee ist und was Regen und wollte zu den Sternen reisen. Nie sah ich, dass er von Tränen unberührt blieb oder einer Ameise etwas zu Leide tat. Ach, wie sehr habe ich Ahmeds und Havvas Sohn geliebt.

Weiße Schmetterlinge

Samet Abi kenne ich, seit ich auf der Welt bin. Von ihm lernte ich Reben beschneiden, Drähte ziehen, Brunnen bauen, Mörtel anrühren. Bei uns zu Hause aber zählt das alles nicht als Arbeit. Denn wir sind Schmuggler. Unsere eigentliche Kunst ist es, den Tag unversehrt zu überstehen.

Wir durften nicht an die Grenze, bis wir siebzehn, achtzehn Jahre alt waren. Nur die Erwachsenen konnten die Minenfelder überwinden. Wir Jüngeren hatten die Aufgabe, die Säcke zu schultern und die Beine in die Hand zu nehmen. Das ist nicht zu unterschätzen, wie jeder Job hatte auch dieser seine Regeln. Du packst den Sack und wirfst ihn dir auf die Schulter. Dann läufst du los, ohne dich umzudrehen. Nicht du bist es, der die Sprache von Stacheldraht und Minen versteht, das darfst du nie vergessen. Taumelst du, beunruhigst du deinen Hintermann. Dann tritt er womöglich auf eine Stelle, auf die er nicht hätte treten dürfen, berührt einen Punkt, den er nicht hätte berühren dürfen. Dein Job ist es nicht, das Hinterland zu sichern oder dem Mann an der Grenze Vertrauen und Kraft zu geben. Das einzige, was du als Zwölfjähriger tun kannst, ist, dir den Sack zu schnappen und loszurennen.

An einem Winterabend kehrten wir mit zwei Säcken, die kaum der Rede wert waren, von der Grenze zurück. Samet Abi lief uns voran. Mein kleiner Bruder war zum ersten Mal dabei. Alle paar Schritte war er erschöpft und richtete flehentliche Blicke auf Samet Abi. Dabei trug Samet Abi beide Säcke, und wir schlichen so langsam, dass sogar Ameisen uns leicht hätten überholen können. Am Himmel stand kein Mond, die Ebene lag im Finstern. Wir waren wohl vom Weg abgekommen, denn wo wir gingen, ruhten schwarze Felsen.

Nach einer ganzen Weile Aufstieg machten wir Pause. Wir lehnten den Rücken an die Felsen und verschnauften. Unten rauschte ein Fluss. Mein Bruder fürchtete sich vor der Dunkelheit. »Lasst uns hier nicht sitzenbleiben«, sagte er. »Es ist finster und nah am Wasser.« Ein paar Schritte entfernt lauschte Samet Abi mit gerunzelter Stirn in die Dunkelheit. »Still!«, wisperte er plötzlich. Er hatte etwas gehört.

Hinter den Felsen verborgen spähten wir ins Tal. Am Bergsaum standen drei Autos. Offensichtlich hatten sie sich verfahren. Männer waren ausgestiegen, standen am Flussufer, zeigten hierhin und dorthin und sprachen laut. Wir spitzten die Ohren, hörten auch, dass sie sprachen, verstanden es aber nicht. Als mein Bruder an seiner Lippe nagte, lachte Samet Abi im Dunkeln. »Keine Angst, Junge«, sagte er. »Das ist nichts Geheimnisvolles. Das sind Araber, sie sprechen Arabisch.«

Ich lachte wie er. Samet Abi war zweifellos der waghalsigste junge Mann im Dorf. Er hatte enorm viel Kraft, ich hatte gesehen, was er sich alles auf den Rücken geladen und ohne einen Ton geschleppt hatte. Und er war schlau, nie vergaß er, wo es Patrouillen gab und wo Minen lagen; wäre er gezwungen, drüben zu bleiben, wäre nicht aufgefallen, dass er illegal war, denn er sprach fließend Arabisch. Er verstand sich auf alle möglichen Tätigkeiten, konnte als Elektriker arbeiten, als Steinhauer oder Baumsetzer. Obendrein war er ein guter Jäger, doch seit er im vergangenen Jahr einem Hirsch ins Auge geblickt hatte, auf den er die Flinte gerichtet hielt, schoss er nicht mehr. Er hatte nur noch seine Mutter. Hätte er einen Bruder gehabt, hätte der ihm nicht näher stehen können als ich. Und ich war ganz Auge. Ich verfolgte genau, was er tat und schrieb mir alles ins Gedächtnis. Ich musste noch wachsen, meine Hände mussten größer und kräftiger werden, meine Schultern dunkelbraun. Dann würde ich mir einen schönen, dichten Schnauzer stehen lassen und vor den Augen der Kinder, die mir folgten und hinter den Felsen verborgen saßen, in die Dunkelheit hinaustreten und stracks auf die Geräusche zugehen, die ich hörte.

Als wir den Hang hinabstiegen, sah ich die Männer unten deutlicher. Es waren mehr als zehn. Ich merkte, wie Samet Abis Körper sich spannte und er den Arm nach hinten schob, um die Waffe aus dem Gürtel zu ziehen. Als die Männer uns erblickten, erstarrten ihre Gesten und ihr Gebrüll in der Luft. Die Tür des vorderen Wagens klappte auf, eine hässliche Alte stieg aus. Sie wirkte wie eine der Unheil bringenden alten Weiber in den Märchen. Als sie ihre Hand ausstreckte, fürchtete ich, sie könnte uns alle mit einem einzigen Fingerzeig in Stein verwandeln. Dann würde sie den Teufel herbeirufen und uns auf dem von ihm gezogenen Karren in ihr nebelverhangenes Reich verschleppen. Unwillkürlich nahm ich meinen Bruder bei der Hand. Die Alte stapfte schnaufend und schwer an ihrem massigen Körper tragend auf Samet Abi zu. »Mach mir Entschuldigung, wenn ich falsch rede«, rief sie schon von Weitem. »Bei uns wir sprechen Megrelisch.« Von einer solchen Sprache hörte ich zum ersten Mal. Es handelte sich um einen Hochzeitszug, sie brächten eine Braut in ein Dorf oben am Schwarzen Meer, erklärte sie, war aber schwer zu verstehen. Während sie sprach, umringten uns die Männer. Ihr Blick hing an der Pistole in Samet Abis Gürtel. Als die Frau geendet hatte, wünschte Samet Abi schlicht: »Gottes Segen.« Er sagte es nicht auf Arabisch, obwohl er es doch so gut konnte. Einer der Männer vor uns nickte und legte die Hand aufs Herz, da wussten wir, er war der Bräutigam. Er war jünger als die anderen und der einzige, der keinen Schalwar trug. Sein Jackett war von derselben Farbe wie seine Hose. Die Braut war nirgends zu sehen. Die Alte hob ihre hässliche, von Flecken übersäte Hand und deutete auf den zweiten Wagen: »Da ist die Braut.« Wir spähten in die gewiesene Richtung. Im Auto war schemenhaft eine Frau zu erkennen.

Bevor wir abzogen, beköstigten sie uns mit ein wenig Wasser und etwas Obst. Noch nachdem wir uns von der Gruppe verabschiedet hatten und erneut in die Dunkelheit eingetaucht waren, ließ mir der unheilvolle Blick der Alten keine Ruhe. Wer weiß, was für eine die Besitzerin des eiskalten Händedrucks in meiner Hand war. Es zog mich so schnell wie möglich ins Dorf zurück. Doch wir waren noch keine zwanzig, dreißig Schritte gegangen, da stoppte Samet Abi uns: »Wartet hier, rührt euch nicht von der Stelle.« Schon war er in die Dunkelheit davongeschlichen. Irgendetwas war ihm seltsam vorgekommen, weshalb er heimlich erneut zum Hochzeitszug hinabstieg.

Später erzählte er lang und breit wohl eintausend Mal davon: Er war auf die Rückseite des Bergs gelaufen, die Männer standen weiterhin dort, wo wir sie zurückgelassen hatten, und schrien herum. Im Schutz der Dunkelheit war er zu den Autos geschlichen, denn er war neugierig auf die Braut, auf die die unheilvolle Alte von Weitem gedeutet hatte und die wir aus vielleicht fünfzig, vielleicht hundert Schritten Entfernung gesehen hatten.

Als er an den Wagen herantrat und sein Gesicht an die Scheibe legte, beschlug das Glas von seinem Atem.

Tatsächlich saß hinter der beschlagenen Scheibe ein Mädchen. Sie sah aber gar nicht aus wie eine Braut, mit geschminkten Augen und hennagefärbten Händen, wie wir sie kannten. Die Zöpfe aufgelöst, die Wangen von getrockneten Tränenspuren bezeichnet, Hände und Gesicht voller Staub und Dreck, den Kopf auf die Brust gesenkt, hockte sie da. Als sie Samet Abi bemerkte, legte sie die Hand an die Scheibe und wisperte: »Rette mich.«

Samet Abi schwor Stein und Bein, das Mädchen sei Ceylan gewesen.

Dabei tauchte Ceylan erst lange nach jener Nacht auf. Wo sie herkam, wusste bei uns im Dorf keiner genau. Sie hatte eine leicht gekrümmte Nase, ein winziges Kinn, außergewöhnlich weiße Hände und seltsame Augen, in die man unmöglich über längere Zeit schauen konnte. Ich erinnere mich gut an den Tag, als sie auf der Pritsche von Hadschi Onkels Pick-up ankam; wir konnten sie nämlich bereits sehen, als der Wagen erst auf der Höhe der Weidenbäume war. Sie hockte nicht in eine Ecke gedrückt, sie saß nicht einmal. Aufrecht stand sie mitten auf der Ladefläche. Als Cüneyt das Mädchen am Arm herunterzog und sie auf dem Fleck stehenblieb, wo sie hingestellt worden war, ohne einen einzigen Schritt vor oder zurück zu setzen, kam sie mir sehr fremd und sehr merkwürdig vor. Niemand kannte sie. Auf die Fragen, woher er sie geholt habe, antwortete der Hadschi Onkel mit einem Grinsen unter dem Schnauzer: »Von weit her … Vom Berg Qaf.« Ich weiß nicht, was es war, das den Hadschi Onkel ausgerechnet diese Worte wählen ließ, doch Ceylan wirkte tatsächlich wie eine Fee von jenem sagenumwobenen Berg. Als eine Art Magd kam sie in die Familie des Hadschi Onkels. Sie versah jegliche Hausarbeit, sie war es, die sich um die Kinder, die Tiere, die Geranien im Garten, das Federvieh, die Küche und den von Jasmin überwucherten Hof kümmerte.

Cüneyt, Hadschi Onkels einziger Sohn und unbestrittener Prinz im Haus, war damals nicht recht bei Sinnen. Er war fünf Jahre älter als ich, zu Beginn des Sommers hatte er Bekanntschaft mit dem Rakı gemacht, und dieses erste Hallo hatte beiden keinen Segen gebracht. Einmal fuhr er den Traktor in den Graben, ein anderes Mal borgte er im Suff jemandem die Summe von drei Monatsmieten, die der Textilfabrikant aus der Kreisstadt brachte, und konnte sich später nicht mehr daran erinnern, wem. Es schien auch nicht so, als käme er wieder zu Verstand, vielmehr hörte man im Dorf jeden Tag von neuen Vorfällen. Ich erinnere mich daran, dass der Hadschi Onkel trotz seines Alters die Ärmel aufkrempelte und sich wieder dem Schmuggel widmete, um die vom Sohn gerissenen Breschen zu stopfen. Wenn es fünf Männer im Dorf gab, die sich auf diese Kunst verstanden, muss man Samet Abi für drei zählen. Als der Hadschi Onkel wieder in die Schmuggelei einstieg, hörte Samet Abi auf, Zäune zu reparieren und als Holzfäller zu jobben. Als wir uns trafen, sagte er: »Ich gehe jetzt nur noch auf Tour. Es braucht Moneten.«

Das Geld war für seine Mutter. Seit ich denken kann, war sie, die älteste Frau im Dorf, krank. Sie saß allein zu Haus und wartete auf ihren Sohn. Nichts auf dieser Welt machte Samet Abi trauriger als der Zustand seiner Mutter, nichts fürchtete er mehr. Denn eines Tages war sie auf dem Weg zur Toilette über die Teppichkante gestolpert und auf dem Boden liegengeblieben, bis er heimgekommen war. Einmal hatte er sie bewusstlos aufgefunden, ein anderes Mal hing sie mehr im Bett, als dass sie saß und schluckte mühsam die Suppe, die Ceylan ihr einflößte. Das Mädchen war von sich aus auf die Idee gekommen, ihr Suppe zu bringen. Sie sah ja, dass die alte Frau allein im Haus war, weil Samet Abi abends bei Einbruch der Dunkelheit losging und erst im Morgengrauen heimkehrte. Sie hatte es sich zur Angewohnheit gemacht, Samet Abi zu beobachten. Aber das wusste keiner von uns. Ohnehin wussten wir nichts über Ceylan …

Im Dorf lebte Feryal Abla, das Knäuel. Ihr Spitzname rührte nicht von einem qualvollen Leben oder einer gramerfüllten Vergangenheit her, sondern von ihrem Beruf. Feryal Abla strickte, stickte und arbeitete Spitzen in der Occhi-Technik. Nicht nur im Dorf und in der Kreisstadt, ganz bis Antep hin hatte sie Kunden. Was gab man nicht alles bei ihr in Auftrag, als Hadschi Onkels älteste Tochter unter die Haube kommen sollte. Feryal kam kaum mehr aus dem Haus der Familie raus. Anschließend berichtete sie ausführlich, wie es dort zuging, vor allem erzählte sie von Ceylan. »Ein seltsames

Wesen«, sagte sie. »Weiß irgendjemand, wie alt sie ist?« Die Frauen, die Feryal umringt hatten, blickten einander an und schürzten die Lippen. Niemand kannte ihre Familie, wusste, zu wem sie gehörte und wie sie so still und fügsam sein konnte. »Ach, ach ...«, seufzte Feryal, »nicht eines Menschen Gesicht sollte schön sein, sondern sein Los. Vor Tagesanbruch fängt sie an zu rackern und kennt keinen Halt, keine Pause bis Mitternacht. Klagt nie, ich bin müde, sagt nie, ich bin durstig ... Wo mag der Hadschi sie nur aufgetrieben haben?« »Am Berg Qaf«, plapperte ich nach, wie ich mich erinnere. Das war ja doch die einzige Frage in Bezug auf Ceylan, auf die ich wie alle im Dorf eine Antwort wusste.

Unterdessen fiel aus Hadschi Onkels Haus auch uns Arbeit zu. Dafür hatte Samet Abi gesorgt. Früh am Morgen trafen wir uns im großen Garten. Samet Abi nahm meinen kleinen Bruder mit und zeigte ihm, wie der Ahorn zu beschneiden, die Rosenstecklinge zu setzen waren. Als es Mittag war, hatten wir das meiste schon erledigt. Im Hintergarten stapelten wir Holz auf und beobachteten dabei, wie Ceylan in der Küche schuftete. War das Mädchen, wie Feryal das Knäuel sagte, eine Sklavin? Ihrer Miene war nichts zu entnehmen. Bei der Arbeit zog und schob sie, bückte und beugte sich. Auf einmal tauchte hinter ihr ein Gesicht auf. Cüneyt war hereingeschlichen. Ceylan, die sich beeilte, die gehackten Zwiebeln ins heiße Öl zu geben, hatte ihn nicht bemerkt. Eben darauf hatte Cüneyt spekuliert, er trat rücklings an sie heran und packte sie. Erschrocken schrie Ceylan auf, der Topf kippte um. Das heiße Öl verbrühte ihr Hals und Arme. Dennoch stieß sie Cüneyt mit aller Kraft zurück und brüllte noch einmal wie ein waidwundes Tier. Bis die Mutter des Jungen sich mit einem »In Gottes Namen« aus dem Liegestuhl im Garten bequemt hatte, war Samet Abi längst in der Küche. Ich sah, wie er Cüneyt gegen die Wand schleuderte, der sich dabei am Mund verletzte. Doch die Szene änderte sich, als die Mutter in die Küche trat. Sie versetzte nicht nur Ceylan eine schallende Ohrfeige, auch feuerte sie Samet Abi unversehens, alles in einem Aufwasch. Das war der Moment, als Ceylan in der Ecke, in die sie sich geflüchtet hatte, den Kopf hob und Samet Abi zuflüsterte: »Rette mich!«

Samet Abi behauptete, bis zu jenem Tag hätte er Ceylan gar nicht gekannt. Bis zu jenem Augenblick, als sie ihn unter Tränen anflehte: »Rette mich!« Das Gesicht, das er Jahre zuvor hinter einer beschlagenen Autoscheibe erblickt hatte, war ihm endlos im Kopf herumgegangen, als Ceylans Gesicht passte es sich auf einen Schlag ein. »Ein Schleier hob sich vor meinen Augen«, erklärte er. Da waren keine weißen Schmetterlinge und auch keine ruhenden schwarzen Berge, sondern es sei Ceylan gewesen! Ich weiß, dass er später nie wieder anders zu denken vermochte.

Auch wenn Samet Abi all das Wort für Wort im Dorf herumerzählte, glaubte ihm niemand. Am schlimmsten war, dass auch Ceylan nicht verstand, was er daherredete. Was versuchte Samet Abi nicht alles, damit sie sich an das Geschehen erinnerte! Er erzählte von der unheilvollen Alten, die uns Wasser und Obst gegeben hatte, von dem finsteren Auto, in dem sie gesessen hatte, von dem Bräutigam im Anzug ... Als all das nichts bewirkte, kritzelte er ein paar Gesichter auf ein Stück Papier. Ceylan erkannte keines. Samet Abi war wie von einem Krampf gepackt, er redete mit Händen und Füßen, wurde manchmal sogar laut. Das Mädchen fürchtete sich schrecklich. Sie wollte fort, richtete den Blick in die Ferne, schüttelte dann aber doch voller Angst den Kopf. Als er keine Ruhe gab, schluchzte sie laut. »Aber lief nicht weg«, pflegte Samet Abi zu sagen, »sie hatte entsetzliche Angst, sie weinte, aber sie lief nicht weg!«

Nach diesem Vorfall kamen sich die beiden irgendwie näher. Samet Abi durfte nun nicht mehr ins Haus hinein. Doch oft überfiel ihn aus heiterem Himmel das unwiderstehliche Verlangen, Ceylan zu sehen. Dann beobachtete ich den Hintergarten und wartete auf sie. Kam sie heraus, um Wäsche aufzuhängen, den Müll zu entsorgen oder Wasser zu pumpen, rief ich unverzüglich nach Samet Abi. Dann sprachen sie leise miteinander, zwischen sich den eisernen Gartenzaun. Hin und wieder begegneten sie einander auch am Brunnen oder auf dem Weg in die Gärten. Trafen sie sich, richteten die Dörfler sogleich ihre Augen auf sie. Denn bei diesen Treffen redete nicht bloß Samet Abi, soweit man sah, sprach Ceylan auch zu ihm. Niemand wusste, was sie dachte. Sie sprach so wenig und was sie sagte, betraf stets alltägliche Dinge. Die Leute platzten vor Neugier auf den Atem, der ihrem Mund entfuhr, was Samet Abi ihr erzählte, interessierte dagegen niemanden. Denn was er sagte, war von vornherein klar, natürlich redete er von der Nacht, an dem wir den Hochzeitszug gesehen hatten, und von den weißen Schmetterlingen.

Die merkwürdige Nacht hatten wir zwar gemeinsam erlebt, doch die weißen Schmetterlinge waren allein Samet Abis Geschichte. Er hatte sie wohl jedem erzählt, von unserem Dorf bis hin zum Van-See. Dass er sie niemanden glauben machen konnte, obwohl er sie beharrlich erzählte und dabei alle zwei Worte schwor, lag nicht an der Geschichte selbst, sondern an ihrem Schwanz.

Nachdem er das flehentliche Gesicht hinter der beschlagenen Autoscheibe gesehen hatte, so erzählte Samet Abi, war er hitzig und voller Wut wieder den Berg hinaufgestiegen. Das Mädchen, das er im Wagen erblickt hatte, war jedenfalls keine Braut, sondern eine Gefangene. Wer weiß, warum man sie weinend in das Auto gesteckt hatte ... Samet Abi verzehrte sich innerlich, er nahm sich vor, im Dorf rasch einige Männer zusammenzutrommeln, an Ort und Stelle zurückzukehren und den Nachthimmel auf den Konvoi stürzen zu lassen. Doch während er den Berg erklomm, stieß ihm etwas Unerklärliches zu, vielleicht wegen des finsteren Schlafes, der sich auf die Felsen gelegt hatte, vielleicht aufgrund seiner Wut. Er sagte, es begann an seinen Händen. Von dem schlaftrunkenen schwarzen Felsen, an dem er sich beim Klettern festhielt, löste sich auf einmal etwas wie weißer Glimmer. Der schwebte eine Weile in der Luft, bevor er sich rings um ihn verteilte. Als er verwundert den Kopf hob, sah er wohl hundert oder auch fünfhundert weiße Schmetterlinge über sich flattern. Ja, Schmetterlinge! Doch sie waren anders als die, die wir kennen. Noch im Dunkel der Nacht leuchteten sie seidig. Bevor Samet Abi Zeit zum Staunen fand, hüllte die weiße Wolke ihn ein.

Ein Mann, der um Heil und Unheil wusste, hätte dreimal das Kulhu gebetet und einmal das Elham*, uns schleunigst aus dem Versteck geholt und ins Dorf gebracht. Doch als Samet Abi wieder zu uns stieß, trieb er uns lediglich zur Eile an. Um sich den Ort zu merken, wollte er den Berg noch ein wenig weiter hinansteigen. Er setzte sich meinen kleinen Bruder auf die Schultern und lud mir die Säcke auf, und so kletterten wir noch acht oder zehn Meter weiter hoch und spähten hinab ins Tal. Da setzte der eigentliche Schrecken ein.

Unten am Bergsaum, dort, wo der Hochzeitszug mit den Autos sein müsste, war niemand. Es war geschehen, was ich befürchtet hatte, die unheilvolle Alte hatte alles und jeden gepackt und war in ihre unterirdische Hölle zurückgekehrt. Denn die Ebene war leer. Die Autos, die

* Bittgebete für ein reines Herz, Glaubensstärke und den guten Ausgang einer Sache. (A.d.Ü.)

Männer waren fort, am Fuß des Berges sah es aus, als hätte nie ein Mensch seinen Fuß dorthin gesetzt. Einen Augenblick lang verharrten wir in der Stille, ohne zu wissen, was wir sagen oder tun sollten. Von weit her erklang das dunkle Rauschen des Flusses. Da zupfte mein kleiner Bruder Samet Abi am Hemd. »Hast du es immer noch nicht begriffen?«, fragte er. »Das waren keine Menschen, wir sind in eine Dschinnenhochzeit hineingeplatzt!« Vor Angst klapperten ihm die Zähne.

Kaum zurück im Dorf veranstalteten wir drei einen Wirbel und berichteten wie aus einem Mund, was uns widerfahren war. Unverzüglich machten sich ein paar junge Männer mit Samet Abi auf den Weg. Doch als sie mit leeren Händen zurückkehrten, glaubte uns keiner mehr irgendetwas. Weder die Autoschlange, noch die ruhenden schwarzen Felsen, erst recht nicht die weißen Schmetterlinge ...

Das ist die ganze Geschichte, die aus der Nähe wie aus der Ferne betrachtet erstunken und erlogen scheint. Um ehrlich zu sein, die Schmetterlinge hatten auch wir nicht gesehen. Aber genügte das, um gar nichts glauben? Jedes Wort, das Samet Abi sagte, stimmte, da war ich mir sicher. Doch niemand im Dorf wollte sich damit auseinandersetzen, alle taten es als Geschichte, als Märchen ab.

Die Geschichte lag sieben, acht Jahre zurück und war schon fast vergessen, als Samet Abi mit einem Mal wieder vorpreschte und verkündete, das Mädchen im Wagen sei Ceylan gewesen. Die Leute ließ das kalt. »Ist man es nicht irgendwann leid, eine Geschichte zu erzählen, die doch niemand glaubt?«, fragten sie. Ich staunte, denn sie redeten, als hätte man je erlebt, dass Samet Abi erschöpft oder einer Sache müde gewesen wäre. Als wüssten sie nicht, dass er die schwersten Lasten trug, die weitesten Wege ging und zwischen den Minen mit den Vögeln Himmel und Hölle spielte. Sollte dieser Mann es jetzt leid sein, die Geschichte zu erzählen, von der er überzeugt war? Ich lag richtig; wäre im Herbst nicht unvermutet der Hadschi Onkel gestorben, hätte Samet Abi wohl kaum geschwiegen …

Cüneyt hatte unterdessen seine Beziehung zum Rakı vertieft und war zum Stammgast des Nachtclubs in der Stadt geworden. Das war nicht allein ein Verdienst des Rakı. Vielmehr hatte er sich in eine Frau in der Bar verguckt, ja, er war über beide Ohren verknallt. Die Frau ließ den Halbwüchsigen, diesen Grünschnabel, den schon ein paar Drinks umhauten, an unmöglichen Orten in unmöglichen Situationen hängen, wobei sie nie versäumte, ihm jedes Mal noch den letzten Heller aus der Tasche zu ziehen. Noch vor dem Winter hatte Cüneyt sich, die Abwesenheit des Hadschi Onkels ausnutzend, für seine neue Liebe immens verschuldet. War er nüchtern, machte er sich durchaus Gedanken darüber, wie er die Schulden je begleichen sollte, doch mit Grübeln war die Sache nicht getan. Cüneyt brauchte eine Fügung, einen Glücksfall, irgendeine Gaunerei.

Zufälle sind eine sonderbare Sache. Sie verbergen sich meisterhaft und verraten sich kein bisschen. Der Zufall, der Cüneyt zustoßen sollte, wartete auf der Ebene unterhalb des Dorfes auf seine Zeit. Eines Tages kam ein Auto durch die Ebene angefahren und hielt vor Cüneyts Haus. Ein Bismillah* auf den Lippen, stiegen drei Männer aus, einer schon recht alt. Es waren Botschafter des Grundherrn aus dem tiefer gelegenen Dorf. Der Grundherr wollte Ceylan zur Zweitfrau nehmen. Er wusste, dass sie eine Waise war, also ließ er Cüneyt wissen, welches Brautgeschenk, welche Mitgift er ihr geben und wie viel er Cüneyt zahlen würde, ja, gleich beim ersten Besuch schickte er eine beachtliche Summe mit.

Es war in dem Jahr, als ich neunzehn wurde. Inzwischen ging ich selbst als Schmuggler über die Grenze. In jenem Jahr hatte ich mit Samet Abi eine gute Woche in Damaskus verbracht. Ich sprach schon ein bisschen Arabisch, hatte mir eingeprägt, wo patrouilliert wurde und wo die Minen lagen, deshalb machte ich den Rückweg allein. Zu Hause fand ich meinen kleinen Bruder im Garten von Cüneyts Haus vor. Er hatte die alte Holzleiter an den Balkon gelehnt und beschnitt die Rosen, die wir vor Jahren gepflanzt hatten. Er war es, der mir erzählte, dass der Grundherr um Ceylan geworben und Geld geschickt hatte und wie groß Cüneyts Freude und Erleich-

* Bismillah (»im Namen Gottes«) ist die Formel, die ein gläubiger Muslim vor allem Beginnen spricht. (A.d.Ü.)

terung war. »Und was hat Ceylan gemacht, als sie erfuhr, dass sie heiraten soll?«, fragte ich. »Sie ist auf den Hof gelaufen und dort stehengeblieben.« »Und dann?« »Mehr weiß ich nicht. Es war unheimlich, sie war so komisch, ich habe nicht noch einmal hingeschaut«, erklärte mein kleiner Bruder. Am selben Tag hörten wir, dass Cüneyt dem Grundherrn seine Antwort geschickt hatte: »Gottes Segen!« In einer Woche sollte Hochzeit sein.

Ceylan aber zerschmetterte in der Henna-Nacht vor der Hochzeit sämtliche Scheiben des Hauses und rammte schreiend den Kopf gegen die Wand. Samet Abi war noch nicht aus Syrien zurück. Cüneyts Mutter, die Henna-Nacht-Gäste, alles Volk im Haus warf sich auf sie, doch es gelang ihnen nicht, sie festzuhalten und zu beruhigen. Beinahe hätte das Mädchen sich umgebracht, so heftig warf sie sich gegen die Wand. Als Cüneyts Mutter sah, dass die Sache ein böses Ende nahm, sagte sie die Hochzeit ab. Da endlich hielt Ceylan inne, hob die Hand an die Stirn und bemerkte das Blut, das ihr aus dem Haar sickerte.

Cüneyt grollte seiner Mutter und kapselte sich nach jener Nacht auf sonderbare Weise ab. Er sprach mit niemandem mehr. Sah man, wie es ihm ging, musste man meinen, er habe den Hochzeitsplan aufgegeben. Doch Cüneyt hatte lediglich einen anderen Weg gewählt. Während er sich vor Wut verzehrte, entschied er in einem ihm irgendwie beschiedenen Moment geistiger Klarheit, dass nicht Ceylan zu überzeugen war, sondern Samet Abi.

Nun wartete er geduldig ab. Kaum war Samet Abi aus Syrien zurück, die Schuhe vom Weg noch verschmutzt, ließ Cüneyt ihn rufen. Er sprach von Samet Abis alter Mutter, deren Zustand sich stetig verschlechterte, die in der Obhut der Nachbarinnen sehnsüchtig auf seine Heimkehr wartete. Sowohl der alten Frau wie auch ihm wolle er einen Gefallen tun. Samets Bürde sei schwer. Darum, so versprach Cüneyt, wollte er sich nun persönlich kümmern. Man würde die alte Frau in die Stadt bringen und für sie all das besorgen, was der Arzt anordnete, ob Medikamente oder Speisen. »Mach dir keine Gedanken um die Kosten«, sagte Cüneyt, »Geld haben wir glücklicherweise genug. Ich kümmere mich um alles. Nimm du nur Ceylan beiseite und sprich mit ihr. Sie wird die Zweitfrau des Grundherrn, das soll sie endlich begreifen. Sonst können wir weder für uns selbst sorgen noch für deine Mutter. Wie du vorgehst, bleibt dir überlassen. Entscheide selbst, in welchem Ton, auf welche Art du mit ihr redest, ob du redest oder sie, ob du zuhörst oder sie. Wenn du es ihr sagst, wird sie es akzeptieren.«

Und tatsächlich hielt er sich getreu an seine Worte. Noch bevor Samet Abi sich einverstanden erklärt hatte, wurde die alte Frau mit einem Privatauto in die Stadt gebracht. Die Ärzte behielten sie gleich da und wiesen sie ins Krankenhaus ein. An jenem Abend sahen die Nachbarn Samet Abi mit Ceylan im Hof unter dem Jasmin stehen. Samet Abi sprach. Als ich hinzukam, hatte er wohl schon die Hälfte dessen, was er zu sagen hatte, gesagt, denn Ceylan ließ den Kopf hängen, ihr Blick war verletzt. Wie weiß ihre Hände und ihr Gesicht waren! Der Grund ihrer Augen war nicht zu sehen, sie atmete, als gäbe es irgendwo in ihr ein tiefes Loch. Samet Abi stellte ihr die große Frage: »Wirst du zum Grundherrn gehen?« Ceylan deutete ein Nicken an. Als die Gartenpforte knarrte, erschraken sie. Es war Cüneyt. Samet Abi drehte sich zu ihm um, dann deutete er ein Nicken an wie zuvor Ceylan. Hätte er gewusst, was geschehen würde, hätte er sicher kein Auge von Ceylan gelassen. Denn es war das letzte Treffen der beiden auf dieser Welt.

Vor der Hochzeit geriet Cüneyt im Nachtclub in einen Streit. Es hieß, er sei blutend heimgekommen, doch zog er daraus eine Lehre? Wir hörten, er habe hier und dort Männer angeheuert und plane, mit gewissen Leuten abzurechnen. Doch er kam ebenso zu spät wie seine Abrechnung. Noch bevor er sich berappelt hatte, überfielen eines Nachts Bewaffnete das Haus, seien es Schuldner, seien es Raufbolde, mit denen er hatte abrechnen wollen, Unbekannte jedenfalls. Das war zwei Tage vor Ceylans Hochzeit. Der Lärm trieb die Nachbarn auf die Straße. Bewaffnete Männer bewachten die Tür und hielten die Leute auf Abstand. Flackerndes Licht drang durch die Fenster heraus. Im Lichtschein waren Schatten zu erkennen, die von Zimmer zu Zimmer huschten. Jemand alarmierte die Gendarmen.

Wie schon seit langem war Samet Abi auch in jener Nacht nirgends zu sehen. Nach dem Gespräch im von

Jasmin überwucherten Hof ging er nicht mehr über die Grenze. Ebenso hatte er aufgehört, in Gärten, auf Baustellen, ja, überhaupt zu arbeiten. Weder schlief er, noch wachte er. Soweit uns zu Ohren kam, saß er bei seiner Mutter im Krankenhaus und verschwand nachts in wer weiß welchen Ecken der unbekannten Stadt. Er hatte sämtliche Verbindungen zum Dorf gekappt. Vermutlich wollte er nichts wissen. Deshalb erfuhr er nicht, dass Cüneyts Haus verwüstet wurde, dass die Rosen, die wir gemeinsam gesetzt hatten, beträchtlichen Schaden nahmen, und auch nicht, was mit Ceylan geschah.

Wie aus dem Nichts waren spät abends die Bewaffneten aufgetaucht. Im Haus sah nur Cüneyt sie kommen. Prompt floh er in den Garten des Nachbarn. Er war völlig blank, all seine Hoffnung hatte er auf Ceylan gesetzt, auf ihre bevorstehende Hochzeit. Also schnappte er sich Ceylan, die im Hintergarten am Brunnen Wasser gepumpt hatte, als die finsteren Männer brachial über den Hof ins Haus stürmten. Wie von Wahnsinn getrieben, jagte er mit ihr im Pick-up aus dem Dorf, trat fluchend und schimpfend aufs Gas und linste dabei immer wieder in den Rückspiegel. Erst drei, vier Kilometer weiter kam er zur Besinnung. Ohne nach links und rechts zu schauen, wendete er den Wagen rabiat und fuhr zur alten Mühle.

Die Mühle lag außerhalb des Dorfes. Vom Besitzer verlassen waren ihre Wasserräder zu schwarzen Schatten geworden und Schimmel überzog die dicken Mauern.

Cüneyt erkannte sofort, dass er richtig entschieden hatte, hier brauchte er keine Angst vor Entdeckung zu haben. Doch Ceylan schrie aus Leibeskräften und warf sich auf den Boden, die ohnehin heikle Sache wurde brenzlig. Da fiel Cüneyt die Geschichte ein, die Samet Abi überall herumerzählt hatte. Er verriegelte die schweren Türen der Mühle. Ungeachtet ihres Geschreis fing er im Schummerlicht in aller Ruhe an zu erzählen. Schweigen sollte sie und ihm zuhören. Deshalb machte er aus dem schwarzen Fluss einen Wasserfall, aus den ruhenden Felsen ein Gebirge. Er scheute sich nicht, die Geschichte mit sämtlichen Einzelheiten auszuschmücken, die im Dorf umgingen. Wer Ceylan eigentlich war, woher sie kam, ihr Zuhause, ihre Heimat ... Alles, alles steckte in diesem Märchen. Warum sah Ceylan nicht aus wie die anderen? Warum verstand sie niemandes Sprache, schloss mit niemandem Freundschaft? Weil der in finsterer Nacht plötzlich aufgetauchte Hochzeitszug übernatürlich war. Die nächtliche Zusammenkunft am Flussufer verriet es, Ceylan und ihre Familie gehörten zur Sippe der Dschinnen. Jeder wusste, dass diese den Menschen aufs Haar gleichenden Geschöpfe am Ufer von Gewässern zusammenkamen und feierten. Ceylan riss die Augen auf. Cüneyt hatte allerdings keine Zeit für Angst und Staunen, in Gedanken bei dem Überfall der bewaffneten Männer daheim beeilte er sich. Er wüsste, sagte er ungeduldig, dass sie Samet liebte. Wollte sie mit ihm zusammen sein, müsse sie seine Worte genau befolgen. Sie müsse hier still warten. Er gehe jetzt, um Samet zu holen. Cüneyt verstummte, um zu sehen, ob seine Worte Wirkung zeigten. Seine Geduld oder seine Worte hatten gefruchtet, endlich hatte sich das Mädchen beruhigt. Sie warf sich nicht mehr zu Boden, trat nicht mehr mit den Füßen, schrie auch nicht mehr aus Leibeskräften. Ceylan weinte nur noch und schniefte. Als Cüneyt sicher war, sie überzeugt zu haben, stand er erleichtert auf. Doch als er aufstand, stand auch Ceylan auf. Er ging zur Tür, Ceylan folgte ihm. Verzweifelt machte Cüneyt kehrt und überlegte, was zu tun wäre, um das Mädchen hier festzuhalten. Da entdeckte er in einer Ecke einen Haufen leerer Mehlsäcke.

Er zog einen großen Sack aus dem Stapel und nahm Maß an sich. Dann sagte er zu Ceylan: »Schlaf! Ich gehe und hole Samet. Wenn du aufwachst, ist er bei dir. Aber jetzt musst du die Augen zumachen.« Die Worte lösten Ceylans Starre. Ihr Körper verriet, wie erschöpft sie war. Mit den Augen schloss sie auch ihren Verstand und wehrte sich nicht gegen den Sack, der ihr über den Kopf gestülpt wurde. Wie ein Baby im Mutterleib rollte sie sich zusammen und schlief ein. Obwohl Aufruhr in seinem Kopf herrschte und ihm die Hände zitterten, gelang es Cüneyt in gerade einmal zehn Minuten, den Sack zuzubinden und die Mühle zu verlassen. Er beeilte sich, und das zu Recht. Er hatte eine Verabredung. Er sprang in den Pick-up und raste nach Hause, da lauerte hinter dem Jasmin im Hof schon der Tod und wartete auf ihn.

Wer weiß, was Ceylan durch den Kopf ging, wie sie da in dem weißen Sack lag. Ihre Vergangenheit sicher nicht. Denn es gab keine Vergangenheit, es gab keine Zeit vor dem Moment, da sie auf der Pritsche von Hadschi Onkels Pick-up aufgetaucht war. Cüneyt hatte die Wahrheit gesagt, sie hatte immer gedacht, sie sei anders als alle anderen, das hatte sie jahrelang im Herzen gespürt. Konnte es sein, dass sie tatsächlich aus der Sippe der Dschinnen und Feen stammte und der Gefangenschaft am Ufer entflohen war? Vielleicht hatte sie ihre Vergangenheit vergessen, war ihr Dschinnen-, ihr Feenwesen in all den Jahren, die sie unter Menschen zugebracht hatte, verschwunden? Jedenfalls fand sie sich, als sie in der Stille der Mühle die Augen aufschlug, in einer schneeweißen Hülle wieder. Arme und Beine lagen regungslos. Sie kauerte sich noch enger in ihren Kokon. Sie würde die Zähne zusammenbeißen und solange warten wie nötig. Sie wusste, was geschehen würde, ein paar ihrer Beine würden abfallen, aus ihrem Bauch würden neue wachsen, ihre Hände würden völlig verschwinden. Doch das kümmerte sie nicht, denn am Ende würden ihr weiße Flügel aus den Schultern wachsen, die sogar im Dunkeln strahlten. Bis dahin wollte sie die Zähne zusammenbeißen und die Augen geschlossen halten. Später würde sie aus dem Kokon schlüpfen und Samet behutsam zuflüstern: »Ich glaube an weiße Schmetterlinge.«

Es dauerte zwei Stunden, bis die Gendarmen ins Dorf kamen. Ihnen hinterdrein eilten auch die Wachen aus der Kreisstadt herbei. Im Grunde wussten alle, dass es zu spät war. Das Geschrei im Haus war verstummt, die zwinkernden Lichter hatten ihre Unentschlossenheit aufgegeben und waren verloschen. Cüneyts Pick-up stand am Straßenrand, eine Tür weit geöffnet. Fünf Leichen wurden aus dem Haus geholt, eine vom Hof. Die Bewohnerschaft war komplett, nur Ceylan fehlte. »Sie war nur halb bei Verstand«, sagte einer der Nachbarn über Ceylan. »Wer weiß, wo sie sich versteckt hat.« Die Gendarmen kehrten das Unterste zuoberst. Im Licht der Taschenlampen durchkämmten sie sogar die Gärten, die Umgebung der Nachbarhäuser, den Stall, den Brunnen, die Baumwipfel. Die alte Mühle aber kam niemandem in den Sinn.

Am Morgen nach jener Nacht kehrte Samet Abi zurück. Wir erfuhren, dass er ein paar Tage zuvor seine Mutter in der Stadt beerdigt hatte. Doch es war, als kehrte er nicht aus der Stadt zurück, sondern aus einer völlig anderen Welt. Er glaubte, Cüneyt habe seine Schulden beglichen und die Hochzeitsfeier veranstaltet, der von Jasmin überwucherte Hof habe sich mit Leuten aus dem Unteren Dorf gefüllt und Ceylan sei längst als Braut fortgegangen. Als er die Trümmer des Hauses sah und erfuhr, was geschehen war, rannte er blindlings umher, klammerte sich an die Hände der Dörfler und fragte nach Ceylan. Da ihr Leichnam nicht gefunden worden war, musste sie noch irgendwo leben! Dieser Gedanke hielt Samet Abi am Leben, sonst hätte er sich vor Kummer wohl auf ewig in einen Winkel verzogen. Sogleich begann er, überall nach ihr zu suchen. Das Wort Suchen trifft es nicht. Er war wie vernarrt, wie getrieben. Am Brunnen, im Weingarten, auf Pfaden, die ins Nichts führten, in den Höhlen an der Grenze … Jeden Stein drehte er um, wie vom Wahn gepackt. Eines Tages kehrte er von der Suche nicht zurück. Bald glaubten die Leute, er habe das Dorf verlassen, denn wäre ihm etwas zugestoßen, so hätten sie doch davon gehört. Selbstverständlich hatten längst alle ein Ende dieser unheilvollen Geschichte herbeigesehnt. Die Geschichte von den weißen Schmetterlingen war kein Märchen mehr, vielmehr war sie für das Dorf zum Fluch geworden. Von der Geschichte war niemand mehr am Leben, der Fluch hatte jeden ausgelöscht, dessen Namen er kannte. Meine Mutter umarmte mich und meinen kleinen Bruder und dankte Gott, mein Bruder betete auf Schritt und Tritt. Bei jedem Blick auf den Trümmerhaufen, der nun Cüneyts Haus ersetzte, auf die Hebepumpe im Garten, auf die Erde, die sich zur Grenze hin erstreckte, dachte ich an Samet Abi.

Ich weiß nicht warum, aber ich hörte nie auf, an ihn zu glauben. Vielleicht hatten die schwarzen Berge wieder einmal seinen Weg verborgen, vielleicht hatten ihm auch die weißen Schmetterlinge die Sicht genommen, sagte ich mir. Wäre ihm etwas zugestoßen, wäre es in meinem Kopf an der Stelle, die er einnahm, dunkel. Stattdessen war ich unendlich erleichtert. Ich hatte gelernt, dass man nicht alles glauben durfte, was man sah oder auch nicht sehen konnte. Ich konnte nicht umhin zu denken, Samet Abi und Ceylan seien aus dieser schief und krumm geschnittenen und zu eng genähten Geschichte mit Hilfe der Nacht geflohen und in einem fabelhaften Märchen wieder auferstanden.

Wüstenschiffe

Meine Kindheit verbrachte ich an den Schläfen einer blonden Frau. Ich erinnere mich, als wäre es heute. Sie saß an einen Baum oder einen stämmigen Busch gelehnt und erzählte eine Geschichte. Ich hatte den Kopf auf ihre Knie gelegt und sah ihr ins Gesicht. Auf ihre goldgelben Locken fielen Schatten, ich konnte den Blick nicht von ihr abwenden. Einmal nahm sie meine Hand und sagte: »Vergiss mich nicht! Vergiss mich nie!« Dann küsste sie mir behutsam die Handflächen.

Sie trug das Leben wie die Kleider einer anderen. Unförmig, nicht passend. Ihre Bewegungen waren anders als unsere. Sie kannte unsere Gebete und Lobgesänge nicht, fastete auch nicht. Sie war eine Fremde, nicht bloß für meine Eltern, für den Clan, den ganzen Stamm. Nie habe ich erlebt, dass sie mit jemand anderem als mir dagesessen und geredet hätte. Sie wusste, dass sie anders als alle anderen war, nur bei mir kümmerte es sie nicht, dass ich aus einer anderen Welt stammte. Die Einsamkeit war ihr zur Gewohnheit geworden. In den Oasen, auf den Ebenen, wo wir das Lager aufschlugen, erledigte sie rasch ihre Arbeit im Zelt und mit den Tieren, um gleich darauf zu verschwinden. Lange wunderte ich mich, was sie allein in der unwirtlichen Wüste tat, und lief ihr hinterher.

Als ich größer wurde, erkannte ich staunend, dass die Wüste gar kein einsamer Ort war. Es gab Karawanen, die umherzogen wie wir, Autos, deren Motorengeräusch hinter den Dünen in weiter Ferne zu hören war, und sie waren voller Menschen. Es war, als wären wir die Sesshaften. Denn die anderen waren es, die von irgendwoher kamen, irgendwohin gingen und nicht wiederkehrten.

So fing ich an, mir Gedanken darüber zu machen, wie wenig Sinn das Wort Gehen für uns macht. Niemandem fiel ein, dass es den Menschen in einem anderen Leben festhält, wenn er darauf beharrt, ohne festen Wohnsitz umherzuziehen. Wir taten so, als gingen wir rechts und links neben den Kamelen und Dromedaren irgendwo hin. Tatsächlich aber gingen wir nirgendwo hin. Wir zogen in den immer gleichen Tälern der immer gleichen Wüste umher. Die Sonne ging an derselben Stelle unter, der Wind kam von denselben Dünen her. Wir kannten sämtliche Oasen, es stand fest, wo wir das Zelt aufschlagen, wo wir das Herdfeuer entzünden würden. Wir glichen Gefangenen, die mit der Kette am Fuß einen Radius von nur wenigen Schritten haben. Mari dagegen sagte stets: »Ich bin keine Nomadin. Havva, Ahmed und die anderen sind Nomaden. Ich bin nur eine Reisende.« Sie sagte ganz offen, dass sie fortgehen wollte. Nur ihren Weg hatte sie noch nicht gefunden. Darum lief sie überall, wo wir lagerten, durch die Gegend und kundschaftete einsame Grotten, Baumhöhlen und Hügel aus, auf die nie ein Schatten fiel. Um den gesuchten Weg beschreiten zu können, spähte sie in jeden noch so entlegenen Winkel. Selbstverständlich würde ich mit ihr gehen. Denn es gab eine Welt, die sich hinter der Wüste verbarg. Auf den langen Wanderungen, die ich mit ihr unternahm, wartete ich auf den Moment, in dem sie sagen würde: »Hier ist es, wir sind da.« Der Ort, an den wir gehen würden, sei eine Meeresküste, hatte ich stets geglaubt. Wir würden im Rauschen der Wellen stehen und aufs Meer hinausschauen. Der Wind würde uns durchs Gesicht und durchs Herz fahren und die Spuren des Feuers der Wüste löschen. Damals muss mir zum ersten Mal der Gedanke gekommen sein zu flüchten.

Bei dem Wort Flüchten fällt mir ein Vorfall ein, den ich miterlebt habe, als ich noch klein war. Soeben war unser Zelt aufgeschlagen, ich ging mit Mari Wasser holen. Da kamen zwei Reiter herangeprescht, so dass der Sand aufspritzte. Kurz darauf erblickten wir hinter ihnen noch weitere Reiter, die von der Staubwolke verborgen waren. »Illegale!«, brüllten sie und deuteten auf die beiden, die vor ihnen flohen. Junge Männer aus unserem Clan stoppten die Fliehenden und warfen ihre Pferde zu Boden. Rasch legte Mari mir ihre Hand aufs Gesicht. Ich dachte, es wäre jemand dabei, den ich nicht sehen sollte, doch weder die Flüchtenden noch ihre Verfolger gehörten zu uns. Wir kannten keinen einzigen. Als die beiden mit gemeinsamen Kräften gestoppt waren, stellte niemand den Männern Fragen. Ich hörte, wie die aus der Staubwolke aufgetauchten Reiter die Flüchtlinge an Händen und Füßen gepackt fortschleppten. »Tyrannen«, flüsterte Mari. Meine Augen waren verdeckt, doch ich wusste, dass ihr Tränen übers Gesicht liefen.

Mari hatte viele Reisen unternommen, im Gegensatz zu uns, die wir stets dieselben Gegenden durchwanderten, war sie im Gebirge gewesen, in Wäldern, an Seeufern. Wolkenverhangene Täler und Ziegenpfade kannte sie wie ihre Handfläche. Von all den Reisen hatte das Meer, das sie nur ein einziges Mal gesehen hatte, den stärksten Eindruck bei ihr hinterlassen. Es stand ihr lebendig vor Augen. In jeder ihrer Geschichten kam unbedingt Wind vor und den Weg nach Hause suchende Kiesel und Meeressterne. Die Sterne waren mit denen am Himmel verwandt, nur dass diese im Wasser lebten. Zahm aber waren sie keineswegs. Mitunter flohen sie und verbargen sich am Nachthimmel, doch kaum hatte der Himmel sie bemerkt, sortierte er sie aus und schickte sie im Winter auf die Erde zurück. Das lange Warten in der Nacht ließ die Sterne verblassen, ihr Rot wurde zu weiß, strahlend weiß, spät in der Nacht tröpfelten sie auf ferne Städte herab. Solcherlei wundersame Geschichten erzählte Mari. Wo immer wir waren, fanden wir Zeit für uns allein. Dann setzten wir uns hinter dem Zelt in den Schatten und bauten kleine Städte aus allem Möglichen. Die Städte blickten stets aufs Meer. Städte wie Haifa, das Mari nur ein einziges Mal gesehen hatte. Dann bastelten wir kleine Schiffe. Die Schiffchen hielten wir in den Wind, und ich befahl ihnen, direkt nach Haifa zu segeln. Wenn der Wind sie mit sich forttrug, blickte Mari ihnen mit einer Melancholie hinterdrein, die ich nie verstand.

Eines Tages dann ging Mari fort. Ich erinnere mich gut an ihren Abschied. Sie weinte praktisch ohne Luft zu holen. Es ging ihr gar nicht so, wie ich erwartet hatte. Sie war so traurig, dass ich mich nicht traute zu fragen, warum sie ohne mich fortging. Langsam ritt sie davon und schaute unablässig zu uns zurück. Ich war noch sehr klein, meine Geschwister waren noch nicht geboren. Auf Vaters Arm beobachtete ich ihren Aufbruch. Mir war, als ließe Mari ihr Gesicht, das nicht mit ihrem Körper fortgehen wollte, für mich zurück, damit ich sie niemals vergaß. Doch alles verfiel in rasender Geschwindigkeit. Mit der Zeit verlor ich sie vollkommen. Jetzt glänzen nur noch goldene Locken in meinem Gedächtnis.

Als mein Vater an gebrochenem Herzen starb, war ich gerade achtzehn geworden. Er besaß drei Gewehre und ein Schwert, ein Erbstück seines Großvaters. Eines der Gewehre war uralt, es lag zusammen mit dem Schwert in der Truhe, die im Zelt einen Ehrenplatz innehatte. Dieses Gewehr ging dann in Vaters Schoß los. Sein Besitzer reinigte und streichelte es liebevoll, trotzdem zerfetzte es ihm mit einem Riesenknall die Schulter. Mein Vater war ein starker Mann, nicht die Wunde brachte ihn um, sondern der Verrat der Flinte. Nach einer schlaflosen Nacht richtete er sich auf seinem nach Salbe riechenden Lager auf und bat meine Mutter, die ihm nicht von der Seite wich, hinauszugehen. Als wir allein waren, sagte er: »Es ist an der Zeit, dass du es erfährst«, und wies auf das Sitzkissen, von dem Mutter sich soeben erhoben hatte. Ich nahm an seiner Seite Platz, um einer weiteren der zahllosen Geschichten, die man mir erzählt hatte, zu lauschen. Es war keine schöne Geschichte. Sie begann mit dem Tod eines alten Mannes, nahm ihren Lauf mit einer langen Kette von Lügen und endete damit, dass eine Mutter und ihr Sohn auseinandergerissen wurden. Kurz, es war eine brutale Geschichte, und ebenso faszinierend. Mit dieser Geschichte änderte sich für mich aller Sinn, die Achsen verkehrten sich. Als Vaters Worte verklangen, betrachtete ich den Clan mit anderen Augen, als steckte ein anderer in mir, der aus meinen Augen schaute.

Was ich für mein Leben gehalten hatte, war eine große Lüge. Es gehörte nicht mir. Man hatte es über mich gestülpt wie ein hastig eingepflocktes Zelt, und nun war es drauf und dran, über mir zusammenzustürzen. Die Verantwortlichen scherten sich nicht um die holprigen Stellen in der bösen Geschichte, die sie eingefädelt hatten. Für sie waren Lügen, Einsamkeit, Mutterlosigkeit ohne Bedeutung. Sie waren zu beschäftigt und zu wichtig, als dass sie sich um zerrissene Leben hätten kümmern können. Sie saßen auf ihrem hohen Ross und schrieben die Regeln. Wir hatten uns ihnen zu fügen, mussten stehenbleiben, wo sie es anordnen, und rennen, wo sie es befahlen. Regeln waren kostbarer als Menschen. Diese Gepflogenheit saß so tief, dass die Folgen niemanden interessierten. Denn alle waren Komplizen bei demselben Verbrechen, die Reihen waren geschlossen, sie lebten ihr Leben und schwiegen. Bis dahin fiel mir die Analyse leicht, doch die große Frage, die mich umtrieb, lautete: War auch ich Teil dieser Inszenierung? Hätte ich beispielsweise den Flüchtlingen hinterher gebrüllt? Hätte auch ich sie verfolgt, eingefangen, ihren Nacken zu Boden gedrückt und dafür gesorgt, dass sie sich den Regeln beugten, deren Wächter ich war? Was, wenn eines Tages ein Mädchen als Gefangene und Sklavin ins Nachbarzelt gebracht würde? Wie würde ich mich verhalten?

Als ich mein neunzehntes Lebensjahr vollendete, erklärte Havva: »Jetzt bist du der Mann bei uns.« Sie holte das Gewehr, das meinen Vater getötet hatte, und legte es mir in den Schoß. Es sei an der Zeit, dass ich Waffen trüge und im Clan mitzureden begänne. Wir saßen vor dem Feuer, meine Geschwister beneideten mich. Havva dachte an meinen Vater und weinte. Von dem Geheimnis, das er mir anvertraut hatte, und meiner gewaltigen Verwirrung ahnte sie nichts. In dem einen Jahr, das seither verstrichen war, hatte ich es nicht geschafft, den Kopf klar zu bekommen. Die Flamme des Herdfeuers zitterte, als Havva sprach, im orangefarbenen Schein flackerten die Gesichter meiner Geschwister bald größer, bald kleiner. Irgendwo in mir brannte ein Schmerz. Ich flüchtete mich ins Zelt, rollte mich in einer Ecke zusammen und schlief ein, daran kann ich mich erinnern. Als ich aufwachte, fand ich mich wieder in den Augen einer alten Frau. Ich setzte mich auf, doch ein messerscharfer Schmerz durchfuhr meine Brust, stöhnend sank ich aufs Kissen zurück. Ich wusste nicht, wie mir geschah, offenbar war ich verwundet. »An der tiefsten Stelle der Nacht bist du in den Traumbrunnen gesprungen«, sagte die Alte. »Dein Schlaf war uralt. Nirgends hast du Halt gefunden, du bist in die Höhle hinter deinen Augen gestürzt. Jetzt bist du nicht mehr in deiner Welt, nun steckst du in der Vorhölle fest.«

Das stimmte. Seit ich Maris Geschichte erfahren hatte, waren meine Bande zum Leben dünn und mürbe geworden, eine große Leere breitete sich in mir aus. Ich bastelte Schiffe aus Papier und betrachtete jedes einzelne lange. Sobald ich die Hand öffnete und sie in den Wind entließ, flogen sie auf und davon. Doch wohin? Schloss ich die Augen und schickte den Verstand mit den Schiffchen auf Reisen, hörte ich sie wispern. Sie sagten, auch ich könnte fortgehen genau wie sie, ja, ich müsste unbedingt fortgehen. Ihren Worten nach war es möglich, einen anderen als den bislang gelehrten Weg einzuschlagen.

Aus eben diesem Grund ziehen wir jetzt gemächlich über den Sand. Vor zwei Tagen habe ich Abschied von Havva und meinen Geschwistern genommen und den Clan verlassen. In der Ferne funkeln Luftspiegelungen. Zweifellos handelt es sich bei einigen von ihnen tatsächlich um Oasen. Unter den Hufen meines Pferdes sehe ich tausende Pfade, die alle in unterschiedliche Richtungen führen. Ich grüble ... Ich glaube, der Sand ist wie das Leben. Man kann keine Wegmarken, keine Schilder darin aufstellen. Jeder Mensch muss seinen Weg selbst zeichnen. Und das ist gar nicht so schwer. Denn auch wenn ringsum nur Sand ist, steht doch fest, wo die Sonne aufgeht. Vor dem Verstand nämlich werden Irrwege so bedeutungslos wie glückliche Fügungen.

Ich wusste, dass ich bald auf Leute wie mich treffen würde. Denn in der Wüste waren viele Menschen unterwegs. Wie sonderbar, sich mitten in der unwirtlichen Wüste den Menschen und dem Leben nah zu fühlen, während ich in dem großen Clan einsam war. Das war es, was mich beruhigte, was dazu führte, dass ich mich freute wie ein Kind. Seit ich die spitzen Felsen hinter mir gelassen hatte, ritt ich mit einem hübschen Lied auf den Lippen kleinen Schmetterlingen hinterher. Seit einer Weile war in mir alles Licht.

Ich werde ein neues Leben anfangen. Ein Leben, das nicht auf einer im Vorhinein geregelten Ordnung gründet, sondern das einzig dem Gewissen und der Hoffnung geweiht ist. Ich weiß, dass ich es kann. Was nützt uns die Kraft in den Schultern, wenn wir nicht imstande sind, Stein auf Stein zu setzen? Wonach sollen wir die Arme ausstrecken, wenn wir uns nicht gegenseitig vom Boden aufhelfen? Wozu soll das Gute in unseren Herzen gut sein, wenn wir keinen Gedanken an Barmherzigkeit verschwenden?

Ich bin imstande ein Leben, wie es sein soll, aufzubauen. Das übersteigt meine Fähigkeiten keineswegs, der Mensch ist geschickt. Er ist in der Lage, noch auf dem Tod eine neue Welt voller Hoffnung zu errichten. Wie er es am Anfang tat ... Denn nicht Gott erschuf die Welt, sondern der Mensch. Zum Beweis dafür brauchen wir nur einen Blick auf uns selbst zu werfen. Hätte Gott nämlich diese Welt erschaffen, woher hätten wir dann die Kraft genommen, ihn solchermaßen zu verletzen?

Ach, du glücklose Einsame

»Erhabener Taus, trink das Licht, das ich dir in meinen Händen entgegenstrecke. Gib mir ein ebenso lichtes Herz. Denn die Einsamkeit wächst, wo man sie pflanzt ...«

Beim Beten gesehen zu werden, ist nicht gut. Niemand soll zwischen dich und die Sonne treten. Kommt jemand über ein Gebet hinzu, wie der neugierige Mann, der mich aus dem Gebüsch heraus beobachtet, in dem er sich verborgen glaubt, muss man ohne das Ritual des Verneigens aufstehen und einfach weggehen. Genau das tat ich. Da folgte mir doch glatt dieser Mann! Er trat aus dem Gebüsch und eilte auf mich zu. Er habe sich verirrt, erklärte er stockend, auf dem Weg in die Stadt zurück sei er dann mir begegnet.

Gestern seien sie von der Grenze gekommen. Er solle auf der Hotelbaustelle arbeiten. Er ist schwer zu verstehen. Denn dieser Dummkopf, der glaubt, unsere Sprache zu beherrschen, redet in immer denselben Wörtern. Hin und wieder muss er selbst darüber lachen. Dann ändert sich alles und seine Miene nimmt einen kindlichen Ausdruck überschäumender Euphorie an. Und ich fühle mich leicht, auf seltsame Weise beruhigt.

Als ich mir meiner Gedanken bewusst wurde, sprach ich rasch ein Gebet. Ich war wohl auf dem falschen Fuß erwischt, denn es ist nicht statthaft, sich an das Lachen einer Person zu erinnern, die nicht zu uns gehört. Auf halbem Weg in die Stadt ließ ich ihn stehen. Jedes Mal, wenn ich mich umdrehte und zurückblickte, sah ich ihn noch immer auf demselben Fleck stehen und mir hinterherschauen. Um mir die Verwirrung aus dem Kopf zu schlagen, beschäftigte ich mich den lieben langen Tag über mit meinen Arbeiten und fiel spät in einen wiegengleichen Schlaf. Doch als ich am nächsten Morgen erwachte, hatte sich nichts geändert. Nach wie vor steckte dieser Mann in dem Winkel meines Kopfes, in dem ich ihn zurückgelassen hatte: Sobald ich mich umdrehte und hinschaute, sah er mich vom selben Fleck aus an. Nach dem Gebet lief ich durch die Straßen. Die Hotelbaustelle liegt nicht weit entfernt auf der Anhöhe. Doch unabsichtlich wäre ich dort nicht vorbeigekommen. »Ach, erhabener Engel, weise mir den Weg. Sieh nur, meine Schritte gehen in die Irre.«

Die Baustelle war groß, riesengroß, und das Gebäude wuchs und wuchs. Durch ein Loch im Holzzaun spähte ich hinein. Männer, die Eisenstangen und Balken trugen, wuselten Ameisen gleich hin und her. Es gab dort wie von selbst laufende Seilwinden, die unten Gegenstände aufnahmen und sie durch Schächte nach oben beförderten. Ich sah, wie mit langen Spaten in gewaltigen, sich unablässig drehenden Kesseln gerührt wurde. In die Erde waren Gruben gegraben, in denen etwas köchelte, davor standen Männer und schütteten säckeweise Pulver in den Dampf. All das mutete wie ein derbes Zauberreich der Männer an. Bald rief jemand: »Afsun!« Als ich mich der Stimme zuwandte, kämpfte mein Herz gegen meinen Verstand an: Er hatte meinen Namen nicht vergessen.

Er trug einen aschfarbenen Overall. Wir wechselten die üblichen Sätze. Wir erzählten einander gewöhnliche, simple Dinge wie Menschen, die sich schon alles gesagt haben. Nach jedem Wort wartete ich auf sein Lachen. Aus den Augenwinkeln war ich immerhin noch soweit bei Verstand, dass ich sah, wie die Arbeiter in Stellung gingen. Als mir klar wurde, dass sie Säcke und Mauersteine fallen ließen und uns anstarrten, wusste ich, dass ich gehen musste, und tat es auch sofort. Ich hatte noch keine drei, vier Schritte gesetzt, da sah ich, dass Männer ihn umringten und leise auf ihn einredeten. Ich verstand nicht, was sie sagten, ein Wort aber hörte ich heraus: »Jesidin.« Der Mann, der das gesagt hatte, spießte mich mit seinem ausgestreckten Zeigefinger schier auf. Ich starrte sie an.

Man nennt uns gern Jesiden. Dabei bezeichnen wir uns selbst als Azday oder Ezidi oder sagen, ach du glücklose Einsame … Alle glauben, wir würden nicht Melek

Taus, den erhabenen Engel Pfau, anbeten, sondern jenen, dessen Name nicht genannt sei. Keinen interessiert, wie es sich tatsächlich verhält. Es ist eine alte Gewohnheit, uns zu verletzen. Manchmal werfen sie von weitem auch Steine nach uns oder beschimpfen uns im Vorübergehen. Uns ist Schimpfen und Fluchen verboten. Den Jesiden ist geboten, zu erdulden, wir dürfen nicht reagieren. Sie wissen nicht, dass es auch bei uns die Taufe gibt, Dinge, die von der Religion als legitim oder als unrechtmäßig angesehen sind, genau wie bei ihnen. Auch wir fasten, auch wir beten. Wie alle glauben auch wir, dass Gott der Herr, nachdem er den Menschen geschaffen hatte, den obersten Engel zu sich rief und ihn aufforderte, vor seinem Geschöpf niederzuknien. Doch der Engel sagte: »Jemand anderen als dich anzubeten, hieße, einen anderen Gott als dich zu haben«, und weigerte sich, sich vor dem Menschen niederzuwerfen. Daraufhin verfluchte Gott ihn. Der arme Engel war darüber so betrübt und weinte so sehr, dass er mit seinen Tränen sieben Fässer füllte. Als Gott der Herr das sah, erkannte er, wie er litt, erbarmte sich und verzieh ihm. Die sieben Fässer Tränen wurden verwahrt, um damit das Feuer der Hölle zu löschen.

Viel habe ich studiert und viel erlebt. Die Barmherzigkeit Gottes ist von Menschen nicht zu erwarten, das weiß ich heute. Ich weiß, dass wir beim nächsten Mal, wenn wir als bessere Wesen geboren werden, lernen, alles als ein großes Ganzes zu lieben und auch jene nicht zu verletzen, die wir nicht zu den Unseren zählen. Wie schwer aber ist es, bis dahin einen Schlupfwinkel zwischen Sonne und Erde zu finden ... Ein paar Tage ging ich nur zum Beten aus dem Haus. Mal erledigte ich meine Arbeiten, mal rief ich Worte aufs Papier und beobachtete den Radau, den sie veranstalteten. Den Schatten, der in den Hof fiel und zu mir kam, nahm ich gar nicht wahr. Doch dieser Schatten, der einen Körper besaß und fähig war, anzufassen, zu berühren, griff nach meinem Arm. Der aschfarbene Overall fehlte, und sein Lächeln war komplett verschwunden. Dennoch verstörte es mich erneut, ihn leibhaftig vor mir zu sehen. Irgendwie hatte er unser Haus ausfindig gemacht, hatte die Gartenmauer überwunden und war zu mir gelangt, ohne dass ihn jemand gesehen hätte. Er legte mir die Hand auf den Mund, als könnte ich vor ihm erschrecken und losschreien. »Still!«, mahnte er. »Ich brauche deine Hilfe.«

Beim Blick in sein Gesicht erkannte ich, dass er es war, der sich fürchtete. Ich nahm seine Hand und führte ihn zum Sitzkissen unter dem Feigenbaum. Die Sonne hatte ihm den Verstand geraubt. »Ich hab ihn verloren«, klagte er, »ich kann ihn nicht finden.« Sein Atem ging schneller, er reihte sinnlose Wörter aneinander. Er sei neu hier, er sei durch die Wüste gekommen, habe eine Fata Morgana gesehen, habe Traum und Wirklichkeit verwechselt, so viel verstand ich. Ich gab ihm Wasser, doch er trank nicht. Er war überzeugt davon, dass wirklich geschehen sei, was immer er erlebt hatte. »Du kennst ihn sicher«, sagte er. »Er ist von einem weißen Gitter umzäunt, darin wuchern Buschrosen. Ich war schon am Rand, doch jetzt kann ich ihn nicht wiederfinden. Hilf mir! Ich muss in den Wald in der Wüste!«

Es gibt eine alte Schrift, die fragt: »Ey, Verwundeter, wie steht es um deine Wunden?« Nur daran konnte ich in diesem merkwürdigen Moment denken. Denn ich war auf unvermutete Weise getroffen. Als mir klar wurde, dass sein Gestammel, das er unablässig wiederholte, gar keine sinnlosen Wörter waren, drehten sich die Pflastersteine des Hofs hinter meinen Augen. Ich holte tief Luft, erinnere mich aber daran, dass mir der Atem in der Kehle stockte. Ohnmächtig fiel ich zu Füßen des Feigenbaums zu Boden.

Denn als ich zu verstehen begann, was er sagte, wuselten mir Ameisen durch den Kopf. Zuletzt hörte ich, dass er vom Tollen Wald sprach. Ja! Der von weißen Gittern umzäunte Ort hieß Toller Wald. Früher soll dort eine Oase gewesen sein, doch mit der Zeit sei das Wasser versiegt, daraufhin seien die Bäume und alles Grün verwelkt und verschwunden. Es gab niemanden mehr, der sich daran erinnerte, nur in einer der Geschichten meiner Mutter kam sein Name vor. Der große Wald wurde als »toll« bezeichnet, weil er sich Mutters Worten zufolge nie zu einer Entscheidung hatte durchringen können, ob es ihn nun gab oder nicht. Mutter war überzeugt, dass der Tolle Wald eine göttliche Insel war. Ging es nach ihr, wollte Gott diesen Garten, in dem alle Tierarten und Pflanzensorten vorhanden waren, genau wie Noahs Arche dafür verwenden, die Welt neu zu erschaffen. Deshalb sei alles in diesem Wald, die Tiere, die Pflanzen, die Menschen, vollkommen gut und voller Liebe und Barmherzigkeit.

Nach Mutters Verschwinden hatte ich zwischen meinen Kleidern ihr Notizbuch gefunden. Zwischen Kleider und Kopftücher gerutscht, lag es da und wartete. Es handelte sich um das damals in der Kirschholztruhe aufgetauchte Büchlein, ein getrocknetes Basilikumblatt lag zwischen den Seiten, nur zwei waren beschrieben. Dort hatte ich die Geschichte gelesen, bestimmt eintausend Mal. Ein Jahr, nachdem Sitare fortgegangen war.

Auch Mutter hatte nie vergessen, wie Sitare einst fortging. Für sie aber bedeutete das einen ganz anderen Schmerz. Der Gedanke, ihr Kind weggegeben zu haben, hatte sich wie ein Schatten an ihre Fersen geheftet und folgte ihr, wohin sie auch ging. Als sich die ersten eindeutigen Anzeichen von Wahnsinn zeigten, hielt sie während des Verfalls in ihrem Kopf einen Augenblick lang inne, betrachtete sich und entschied bewusst, dass sie gehen musste. Alle glaubten an einen Unfall und dass sie bald wieder heimkehrte. Jahrelang warteten sie auf sie. Schließlich hörte ich eines Nachts aus dem Hinterzimmer die traurige Stimme meines Vaters: »Fortan bist du mein Pir, mein Scheich, mein geistiger Führer.« Ich weiß nicht, was ihn mitten in der Nacht davon überzeugt hatte, dass seine Frau nicht heimkehren würde, doch auf einmal war die Gewissheit da. Mit den Worten, die er in nächtlicher Stille in die Ferne sandte, sprach er dem Brauch gemäß meiner Mutter die Scheidung aus. Ich hatte es von Anfang an gewusst. Sie würde nicht wiederkommen. Sonst hätte sie ihr Notizbuch nicht zurückgelassen. Offenbar hatte sie mir ihre Worte hinterlassen. Die kurze Geschichte war eine Art Vermächtnis. Ich hätte es doch gespürt, wenn sie noch am Leben wäre. Heute denke ich, in meinem Gedächtnis besteht Mutter schon lange aus den Wörtern einer Geschichte, genau wie Sitare.

Eines Morgens war Mutter zum Gebet aus dem Haus gegangen und nicht wiedergekommen. Mittlerweile lebten wir in dem neuen Dorf, in das wir damals gezogen waren. Inzwischen ist es gewachsen und hat sich mit der Stadt hinter dem Hügel vereint, damals aber war es ein entsetzlich ferner, stiller und einsamer Ort, mutterseelenallein. Vater, meine Tante, ihr verstorbener Mann und das Traumgebilde von Bedir, meinem zweifellos aus der Wamstasche gefallenen Bruder, reichten mir nicht. Ich konnte nicht aufhören daran zu denken, wie weit wir uns von der Grenze und damit von Sitare entfernt hatten. Sollte sie heimkehren, würde sie uns nicht mehr finden ... Lange starrte ich die gelbe Erde an. Alles schien wie immer, doch Sitare war nicht mehr da, Mutter war nicht mehr da, nicht einmal der Wind wehte vernünftig. Sturm und Regen unseres Dorfes hatten wir zurückgelassen. Die gelbe Erde hatte, noch bevor wir am Ende des

Weges angelangt waren, eigensinnig den Boden des Dorfes bedeckt. Als Vater mich vom Pferd hob, begriff ich, dass es da außer der Erde unter meinen Füßen nichts Bekanntes mehr gab. Bereits nachdem Mutter gegangen war, hatte ich, wenn ich zu den Hügeln hinüberspähte, stets an die gelbe Erde gedacht. War sie womöglich, eigensinnig wie sie war, Mutter und Sitare gefolgt und gegangen, wohin sie gegangen waren? Vielleicht erreichten ihre Ausläufer sie gerade in diesem Augenblick? Ich schlief in Einsamkeit gehüllt, die mir besonders nachts ins Herz stach. Eines Nachts fand ich mich im Traum inmitten dreier Berge aus Eisen wieder. Sämtliche Wege waren sorgfältig versperrt worden. Zu meinen Füßen floss ein Bach aus Sand dahin. Wenn auch im Traum, sah ich so etwas doch zum ersten Mal, als ich mich hinunterbeugte und eine Handvoll aufnahm, flüsterte der Bach mit Mutters Stimme: »Das ist nicht dein Traum, es ist meiner. Gelingt es dir nicht, den Kummer zu überwinden, verwandelst du dich in den toten Wolf auf der gelben Erde. Verlass meine Träume, geh in den Tollen Wald!«

Kein Wunder, dass ich an den alten Spruch »Ey, Verwundeter!« dachte, bevor mir die Sinne schwanden. Als ich die Augen wieder aufschlug, sah ich zwar in den Pupillen des Mannes, der unablässig meinen Namen hersagte, mich selbst, konnte aber nur an seinen Seufzer denken: »Der Wald in der Wüste ...« Dieser siebenmal fremde Mann, der Jahre später, viele Leben, Tode und

Grenzen später in den Hof eindrang, hatte mich nach dem Tollen Wald gefragt. Kein Wunder, dass ich da bewusstlos umfiel, ich hätte sogar sterben können! Hätte ich ihm doch von Mutters Geschichte, von Sitare, vom eisernen Gebirge erzählen, ihm klar machen können, in welchen Zustand mich seine Worte versetzt hatten! Doch das war unmöglich. Denn wir sind Jesiden, wir geben unsere Geheimnisse vor anderen nicht preis. Einsamkeit liegt uns im Blut.

Der Tolle Wald

Ich erzähle meine Geschichte Wort für Wort.

Denn ich möchte, dass du sie genauso aufschreibst, Wort für Wort.

Es war ein Abend im Juli.

Ich war an einem Ort, wo die Berge schrumpfen und sich mit dem Sand vermischen.

Der Wagen fraß sich endlos durch den uralten Weg.

Da war eine steinerne Brücke.

Wir hielten an, wuschen uns das Gesicht und tranken Wasser.

Es war ein Abend im Juli.

An Juli-Mittage mochten wir nicht einmal denken.

Als wir in die Stadt kamen, war es relativ kühl, man brachte uns zu einem Haus aus Stein.

Der Blick aus dem Fenster fiel auf den schattigen Hof des Hauses gegenüber.

Auf dem gepflasterten Hof standen ein Feigenbaum und ein Oleander.

Unter dem Oleander saß ein Mädchen und knackte Walnüsse.

Als sie den Kopf hob, sah ich die Tätowierung in ihrem Gesicht.

Auf Wange und Stirn ruhten stumm uralte Buchstaben.

Es war Afsun.

Mit einem einzigen Blick verankerte sie sich in meinem Kopf.

Ich blieb am Fenster kleben und spähte die ganze Nacht über in den leeren Hof.

Vor Tagesanbruch tauchte sie neben der Feige auf.

Sie war leise, zog die Tür zu und ging davon.

Wir liefen durch die Gassen, an Häusern vorbei ...

Ein nebliger Pfad führte uns die Hügel hinauf.

Als die Sonne aufging, blieb sie stehen, als hätte sie etwas gehört.

Ich hielt die Luft an und verbarg mich im Gebüsch.

Sie hob das Gesicht zum Himmel, schloss die Augen und öffnete die Hände.

Die Sonne schien ihr zuzuflüstern.

Afsun stand da, als lauschte sie ihr mit den Handflächen.

Dann entdeckte sie mich.

Sie küsste ihre der Sonne zugewandten Handflächen.

Ohne Blick zurück lief sie über den Pfad.

Hätte ich es zugelassen, hätte der Nebel sie verschluckt.

Ich liebte sie voller Sehnsucht, als gäbe es kein Vorher und kein Nachher. Sie war anders als alle, die ich je gesehen hatte. Sie trug einen Zauber, der ihr auf Schritt und Tritt folgte, vielleicht rührte er von ihr selbst her, vielleicht auch von ihrem Namen. Ihr Antlitz war schön, und schön waren die Tattoos in ihrem Gesicht, sie lachten und redeten mit ihr gemeinsam. Alles, was sie sagte, war schön. Ihre Stimme, ihre Art zu sprechen waren schön. Ich hatte wohl den Verstand verloren, dass ich gleich am zweiten Tag zum Vorarbeiter sagte: »Rechne nicht mit mir.«

Was folgte, gleicht einem beharrlichen Hürdenlauf. Was ich erfragte und hörte, was ich von jenen erfuhr, die mich unterwegs anhielten und mir ins Gewissen redeten, bedeutete, Zusammenkommen war unmöglich. Sie war Jesidin. Erledigte ich die Sache nicht hinter einem Felsen, gäbe es keine Möglichkeit, mich ihr zu nähern. Gift breitete sich in mir aus, je mehr die Leute redeten. Am liebsten hätte ich vergessen, was sie sagten, wie sie es sagten. Wäre Afsun nur in meinem Kopf, wäre alles in Ordnung gewesen. An sie zu denken war leicht. Doch würde sie mit mir kommen, wenn ich sie darum bäte? Und wohin sollten wir gehen? Überall gäbe es jemanden, der ihre wunderschönen Tattoos erkennen würde. Ich irrte in diesem sonderbaren Land umher. So entdeckte ich seine alten aufgegebenen Pfade, seine Häuser, die in die Wüste führenden Gassen.

Gegen Abend hatte ich die ganze Stadt durchwandert und lief am Rand der Wüste entlang. Zwei, vielleicht drei Kilometer diesseits der Grenze. Früher war ich auf dieselbe Weise auf der anderen Seite des Zauns gewandert. Doch das waren andere Zeiten. Mein Auge sah Minen, Patrouillen, Soldaten. Kommt Liebe ins Spiel, büßt man sein Sehvermögen ein. Ich weiß nicht, wie lange ich so umherzog, nach einer Weile geschah etwas Seltsames. Um mich herum tauchten das Sonnenlicht brechende Flecken auf; etwas flog mir ins Gesicht. Als ich den Kopf hob, blendete mich die Sonne. Soweit ich erkennen konnte, hüllten mich weiße Schmetterlinge ein und schwirrten mir um den Kopf. Ich versuchte, sie zu verscheuchen, lief ein paar Schritte. Doch es wurden immer mehr, schützend hob ich die Hände vors Gesicht und ging auf die Knie. Um meinen Kopf flatterten etliche tausend Schmetterlinge. Sie gaben keinen Laut von sich, zumindest hörte ich nichts, es war, als schlügen ihre Flügel mir in der Brust. Wie seltsam, dass man mit seinem Sehvermögen auch seinen Verstand einbüßt. Samet Abi fiel mir ein. Es gab sie also wirklich! Irgendwo zwischen Wüste und Gebirge lebten etliche tausend weiße Schmetterlinge, die nichts wussten vom Menschen, von Licht und Dunkel, von Grenzen. Bald überfiel mich ein grundloser Schrecken. Als ich fürchtete, gleich legen sie sich wie eine Wolke auf mich und ich bekomme keine Luft mehr, stand ich auf. Ich schüttelte mich und rannte blindlings los. Ich erinnere mich, dass ich über Steine und Felsen stolperte, dass meine Füße durch Wasser liefen, als querte ich einen durch die Wüste fließenden Bach, dass Gebüsch mir Gesicht und Arme zerkratzte. Hals über Kopf rollte ich irgendwo hinunter.

Als ich die Augen aufschlug, lag ich zusammengerollt wie ein Fötus da, die Arme schützend über das Gesicht gelegt. Mein Rücken lehnte am harten Eisen eines Zauns, ich rappelte mich auf. Die Schmetterlinge waren fort, und ich war allein mitten in der Wüste. Hinter dem Zaun lag schöne braune Erde, über und über von grünen Gräsern bewachsen. Ich dagegen steckte bis zu den Knöcheln im Sand. Der Zaun bildete eine Art Grenze, wie mit dem Messer abgeschnitten endete der Sand zu seinen Füßen. Ich war über die Maßen verblüfft, denn ein riesengroßer Wald wucherte heraus. Ich bin keiner, der alles glaubt, was er sieht, deshalb betastete ich den Zaun. Hinter ihm drang der Duft von Blättern und Blumen an meine Nase. Ich lief zu einer Stelle, an der das Gebüsch zwischen Oleander und Misteln licht war, und spähte hinein. Wie staunte und wunderte ich mich da, drinnen stand Samet Abi vor einem Rebstock und schnitt Weintrauben. Eine Gesichtshälfte lag im Schatten, trotzdem war zu erkennen, dass er gealtert war. In seinem Haar fand sich Weiß, in seinem Gesicht waren Falten. Ich rief, so laut ich konnte. Aber er hörte mich nicht. Kurz darauf verlor er sich mit den Trauben auf dem Arm im Wald.

Ich rannte am Zaun entlang. Suchte nach einem Tor, einem Spalt, einer Stelle, durch die man hinein konnte. Das weiße Gitter erstreckte sich endlos. Meine Füße versanken im Sand, ich war schweißgebadet. Ich lief, bis die Sonne unterging. Mit zunehmender Dämmerung wurde die Oase kleiner, die Wüste aber größer, der Sand vervielfachte sich.

Ich weiß nicht, wie ich zurück in die Stadt gelangte, Mitternacht war vorüber. Im Dunkeln musterte ich Afsuns verzauberten Hof, in dem der Feigenbaum schlief. Könnte ich ihr doch nur erzählen, was mir widerfahren war! Am nächsten Tag lief ich wieder in die Wüste. Doch ich fand weder die Schmetterlinge noch den Wald. So ging es auch am übernächsten Tag und am Tag darauf … Ich weiß nicht, wie viele Tage ich auf diese Weise verbrachte. Schließlich setzte ich mich an den Rand der Wüste und dachte nach. Endlos erstreckte sich die Wüste vor mir, keine Erhebung war zu sehen, die ein Gebüsch hätte verbergen können, geschweige denn einen riesigen Wald. Konnte ich sicher sein, dass ich mir das alles nicht bloß eingebildet hatte? Dass ich keine Fata Morgana gesehen hatte? Seit Jahren vermisste ich Samet Abi. Konnte es da nicht sein, dass mein Verstand sich in der Wüstenhitze mit dem Traum Afsuns vermengt und mir einen Streich gespielt hatte? Ich wusste nicht mehr, was ich glauben sollte, je länger ich grübelte, umso größer wurde mein Kummer. An jenem Abend kletterte ich, auch wenn mir vor Angst der Atem stockte, über die Mauer, die uns trennte, und schlich mich hinter der Feige in den von Oleander bestandenen Hof. Der einzige Ausweg war es, um Hilfe zu bitten.

Sie hatte weniger Angst als ich, das war deutlich. Ohne mir recht zuzuhören, erwiderte sie, ich sei einer Fata Morgana aufgesessen, hätte mir etwas eingebildet, hätte wohl einen Sonnenstich … Da ergriff ich ihre Hände und flehte sie an. Wort für Wort erzählte ich ihr, was ich erlebt hatte. Das weiße Gitter, dahinter der neblige Wald. Während ich erzählte, seufzte Afsun tief und berührte sich am Kopf, als sei sie verwirrt. Dann schloss sie lautlos ihre schönen Augen und fiel mit einer Bewegung, die meine Verwunderung krönte, vor mir in Ohnmacht. Als sie die Augen wieder aufschlug, schien sie wie aus einem bösen Traum zu erwachen. Sie sagte nicht, was sie gesehen hatte, was geschehen war, doch etwas hatte sie überzeugt. Am nächsten Tag machten wir uns gemeinsam auf die Suche nach der Oase, die sie Toller Wald nannte.

Ich erinnere mich daran, wie wir gemeinsam vom Hügel in die Wüste hinabstiegen. Alles strahlte. Wir wussten nicht, wohin wir uns wenden, was wir tun sollten; nach einem längeren Fußmarsch hielten wir bei einem Gebüsch inne. »Das letzte Grün vor der Wüste«, erklärte Afsun. Kein Laut war zu hören. Ringsum war niemand außer uns. Nur wir beide. Wir waren Gottes neue Menschen, ausgesetzt auf diesem heiligen Boden zwischen zwei Flüssen. Die Enttäuschung verbrannte uns das Herz, doch in uns war Barmherzigkeit, und wir waren von Kopf bis Fuß voller Liebe. Gott hatte mir den Oleander-Hof gezeigt, damit wir die Enttäuschungen tilgten. Ich streckte die Hand aus, berührte ihr Gesicht, Tränen stiegen ihr in die Augen. Die arme Kleine ... Ich umarmte sie, barg ihr Gesicht an meinem Hals. Ihr Herz schien wie aus ihrer Brust in meine gesprungen. Nun besaß ich zwei Herzen, beide schlugen, solange Afsun da war. Ich spürte ihre Lippen sich regen, sie betete, vielleicht sang sie auch. Ich schloss die Augen.

Als ich erwachte, stand die Sonne schon tief. Afsun lag in meinen Armen, die Tränen an ihren Wimpern waren getrocknet. Ein seliges Lächeln lag auf ihrem Gesicht, die Tattoos ruhten friedlich, auf ihrem schwarzen Haar funkelte ein kleiner Schmetterling. Ein zweiter setzte sich auf ihre Schulter. Gleich noch einer schwebte dahinter. Als ich den Kopf hob, sah ich Hunderte Schmetterlinge über uns kreisen. Ich weckte sie sanft und zeigte ihr die weiße Wolke. »Genau wie an jenem Tag«, raunte ich. »Wir müssen weglaufen!« Hand in Hand liefen wir los. Doch kurz darauf hatten sie uns umringt, wir sahen nicht mehr, wohin wir die Schritte setzten. Als wir stolperten, setzten wir uns auf den Boden. Wir bargen unsere Köpfe aneinander und warteten, dass es vorüber ginge, dass sie sich verzögen. Ich weiß nicht, wie lange wir so dasaßen, endlich flaute das Flügelschwirren ab, die Wolke lichtete sich, und wir hoben den Kopf. Vor uns ragte über einem Stiefelpaar ein robuster Körper auf. Samet Abi! »Neulich hörte ich deine Stimme«, sagte er, »aber ich dachte, die Platanen rauschen.« Er stand vor dem weißen Zaun. Mit seinen Pranken öffnete er ein Tor im Gitter und zog uns hinein.

Das Tor öffnete sich auf einen von Atlas-Zedern beschatteten Platz. Unter den hohen Bäumen, auf deren Zweigen Heckensänger und Wachteln saßen, traten wir ein. Im Schatten der Buchsbäume wuchsen Lilien. Eine Quelle plätscherte vor sich hin, füllte ein stilles kleines Becken, zwischen Weiden blickte uns eine Zitterpappel an. Die Jahreszeiten haben sich vermischt, dachte ich, als wäre dies der erste angemessene Gedanke hier. Irgendwo erklang ein Windspiel. Da erst entdeckte ich das Haus zwischen den Seidenbäumen. »Da kommt auch Ceylan«, flüsterte Samet Abi.

Nie werde ich den Moment vergessen, als ich sie wiedersah. Von den Schmetterlingen, dem Garten, den unglaublichen Düften drehte sich mir ohnehin der Kopf. Nach etlichen Jahren hatte ich Samet Abi wiedergefunden und war ihm durch das Tor in eine mitten in der Wüste erstandene Welt gefolgt, von der völlig ungewiss war, ob sie überhaupt existierte. Und nun stand eine Erinnerung aus der Vergangenheit vor dem Sonnenuntergang und lächelte. Es war tatsächlich Ceylan. Sie erkannte mich sofort, doch ich stand da wie erstarrt. »Keine Angst, sie gehört nicht zur Sippe der Dschinnen«, sagte Samet Abi. »Ihre wahre Geschichte geht ganz anders.«

Ceylan war die Tochter einer in dieser Gegend alteingesessenen Familie, Geschwister gab es keine. Je älter und schwächer die Eltern wurden, umso mehr wurden Grund und Boden der Familie zum Problem. Als das alte Ehepaar nicht mehr in der Lage war, den fruchtbaren Boden zu bearbeiten und die Ernte einzuholen, standen Clans, die sich darum bewarben, Schlange. Doch die Alten wollten das von den Vorfahren ererbte Land nicht verkaufen. Es hieß, sie warteten darauf, dass ihre kleine Tochter heranwuchs. Doch so viel Zeit hatten sie nicht. Die Welt änderte sich. Als sie sich mit Geld und Gaben nicht überzeugen ließen, versuchten die Bewerber es mit Drohen und Einschüchtern, waren aber bald die Mühe leid. Sie brachten die beiden Alten um und entführten Ceylan. Der Plan war, sie einem Sohn zur Frau zu geben und sich damit ohne viel Federlesens das Vermögen der Familie anzueignen. Doch der Plan scheiterte, als die Gendarmen sich an ihre Fersen hefteten. Sie überquerten die Grenze mit dem entführten Mädchen und versuchten, ihre Spuren zu verwischen. Am Fluss kurz hinter der Grenze, wo sie anhielten, hatten wir sie gesehen. Samet Abis Schwüre und die Geschichte, die er unermüdlich erzählt hatte, entsprachen der Wahrheit. Das Mädchen, das er an jenem Abend im Auto gesehen hatte, war tatsächlich Ceylan gewesen. Um sich nicht mit uns abgeben zu müssen, hatten ihre Entführer die Mär vom Hochzeitszug erfunden. In der Nacht, wir waren schon fort, war Ceylan die Flucht geglückt. Sie kannte sich in der Gegend nicht aus. Vermutlich wegen all dem, was ihr zugestoßen war, dachte sie nicht lange nach, sondern versteckte sich. Tagelang war sie über die Berge gewandert, von Hunger und Durst geplagt, war ziellos umhergestreift, bis sie auf Hadschi Onkels röchelnden Pick-up traf.

Samet Abi hatte Ceylan überall gesucht und endlich durch Zufall in der verlassenen Mühle gefunden. Zwischen Schlafen und Wachen hatte sie in dem weißen Traum, in dem sie gefangen war, die Zähne zusammengebissen, sich Geschichten erzählt und auf ihn gewartet. Als Samet Abi verblüfft und voller Angst den Sack aufriss, hielt Ceylan sich tatsächlich für einen aus dem Kokon geschlüpften Schmetterling.

»Nach allem was uns widerfahren war, erkannte ich, dass wir in dieser Welt nichts mehr zu suchen hatten«, erzählte Samet Abi. »Winzig zusammengerollt lag Ceylan in meinen Armen. Versuchen wir es auf der anderen Seite, sagte ich. Also gingen wir über die Grenze. Gleich im ersten Dorf erkannten die Leute Ceylan. Sie führten uns zum Grundstück ihrer Familie. Es war ein reicher Boden, über der Erde wie auch darunter, jeden Zentimeter hatte sich ein anderer angeeignet. Da ist auch noch ein Garten am Rand der Wüste, sagten sie, wir suchten danach und fanden ihn hier. Dieser Grund und Boden gehört Ceylan. Früher war es eine Oase. Als wir herkamen, war sie ausgetrocknet, die Wüste hatte sie sich wiedergeholt. Doch wir gruben um, bewässerten und legten Samen um Samen in die Erde. Zentimeter für Zentimeter sahen wir die Bäume wachsen. So ging dieser Wald aus unseren Händen hervor. Es waren schwere Zeiten. Zwei Jahre lang sprach Ceylan nicht. Sie aß nicht, schlief nicht, fürchtete sich vor allem und jedem. Sie wollte ein Gitter ringsum, also zäunten wir das Gelände ein. Der Wald wuchs, und fanden wir ein verwundetes Tier, ein verwaistes Tierjunges, brachten wir es her. Die Hügel weiter hinauf sind Hirsche anzutreffen, ja sogar Tiger.«

»Weiß denn niemand, dass ihr hier seid?«, fragte ich. »Wer es weiß, vergisst es wieder«, erwiderte Ceylan. Sie lächelte. »Manchmal kommen Leute vorbei und sehen den Wald, die meisten aber halten ihn für eine Fata Morgana. Und dann sind da ja auch die Schmetterlinge, die den Weg verbergen. Sie leben am Rand der Wüste, wo das Tal endet. Seit der Garten grünt und blüht, haben sie sich stark vermehrt. Früher kam ab und zu mal jemand her, doch wir erfuhren nie, wie sie zu uns fanden«, erzählte sie und deutete mit ihrem hübschen Kopf auf einen Mann in der Nähe.

Ich bemerkte ihn erst, als sie auf ihn hinwies. Vor dem Haus saß ein Mann. Er sah aus wie ein Holzfäller, offenbar hatte er den Seidenbaum beschnitten, hockte jetzt darunter und schliff sein Beil. An seiner Seite saß eine stille Frau und arbeitete mit ihm gemeinsam. Er streckte die Hand aus und wischte ihr den Schweiß von der Stirn. Als ich sah, wie sie einander anblickten, wurden mir vor Freude die Augen feucht.

»Sie waren in einem Bergdorf als Holzfäller tätig. Ihre Hütte lag versteckt, trotzdem stand irgendwem der Sinn danach. Eines Tages kamen Männer mit Waffen und bauten sich wie der Todesengel Azrael vor ihnen auf. Lass dich nicht davon täuschen, dass die Frau so still und zierlich wirkt. Sie war es, die ihren Mann aus der Falle am Berghang rettete und dann umkehrte und die Hütte in Brand steckte, damit sie den Männern nicht in die Hände fiele. Eines Morgens weckte uns das Geschrei der Raben. Sie führten uns auf die Wiese. Da hockte das Ehepaar blutend in der Höhlung der alten Platane. Die Frau hatte die Wunden ihres Mannes mit ihrem Kopftuch verbunden und wartete zu.«

Es verschlug mir die Sprache, erneut wandte ich mich Samet Abi zu. Er musterte die Buchstaben, die auf Afsuns Antlitz ruhten. Unsere Blicke trafen sich. »Geht nicht fort«, sagte er sanft. »Draußen ist Wüste.«

Die letzte Geschichte

Es war Samet Abis Idee, alles aufzuschreiben, was wir erlebt haben. »Schreib das auf, Afsun«, sagte er. »Du verstehst dich auf die Sprache der Wörter, schreib du das Märchen auf. Schreib, es gibt ihn, er floh aber aus dem Leben wie ein aufgescheuchtes Fohlen und verbirgt sich in der Wüste. Schreib es so, dass es jeder versteht.

Alle sollen es verstehen, denn nicht Gott wird das Paradies errichten. Wir sind es, die Erde und Bäume aufwecken. Schau dich um, wenn wir heute in der Kühle eines Waldes atmen, dann nur, weil wir unser eigenes Märchen wahr gemacht haben.

Wir haben vereitelt, was man uns als vermeintliches Leben verkaufen wollte. Zu Wahn und Hölle waren wir regelrecht gerannt und standen bereits auf der letzten Stufe davor. Alle Sonnen der Natur waren kurz davor unterzugehen, schon machte sich Dunkelheit breit. Vermutlich war es unsere Liebe, die uns dazu brachte, einander bei den Händen zu fassen und tief Luft zu holen. Wie bei einer umgekehrten Taufe legten wir alles ab, was man uns gegeben hatte, und ließen es zurück. Drehen wir uns heute um und schauen zurück, sehen wir dort einen gewaltigen Trümmerhaufen liegen. Die Katastrophe, die wir durchgemacht haben, war nicht in erster Linie von Kindern verursacht, die ihre Väter umbrachten, oder von Müttern, die ihr Kind töteten, sondern von jenen, die all das vor uns hingestellt hatten und behaupteten, das sei die Wirklichkeit des Lebens, und erwarteten, dass wir es anstandslos hinnähmen. Sie verstanden nicht, dass wir mit jedem Sterbenden gleichfalls starben, dass wir das Leiden der Bäume und Vögel mit uns herumschleppten wie ein lahmes Bein. Unser Gewissen aber nagte an unserem Herzen wie ein Wurm.

Dabei hätte die Wirklichkeit keineswegs so furchtbar sein müssen. Es sind nur seine eigenen finsteren Ängste, die den Menschen an die Gewalt binden. Wir streiften das Leid, das unsere Körper quälte, wie ein Hemd ab und warfen es fort. Hinter dem zerschlagenen Spiegel kam eine andere Welt zum Vorschein, eine lebenswerte Welt. Hier stehen wir einander bei und haben erkannt, dass wir uns halten und berühren können und keine Angst mehr zu haben brauchen.

Wir wissen, dass nur einen Schritt entfernt Kaskaden von Sand fließen und alles verbrennen und verdorren lassen, was sie berühren, doch wir fürchten uns nicht mehr. Der Schmerz in unserem Kopf ist weg. Wie wir wissen, haben nicht nur wir uns der Katastrophe entzogen, überall auf der Welt gibt es Menschen wie uns.

Überleg einmal, wäre es denn denkbar, dass nur wir einander die Hände reichen und uns den Sandströmen entreißen? Kannst du wissen, ob nicht noch andere Reisende wie ihr bei uns anklopfen? Wer weiß, wie viele Menschen jetzt in diesem Augenblick durch die Wüste reiten ...

Wir schreiben das auf, um den Menschen zu sagen, sie sollen einander vertrauen; um ihnen bewusst zu machen, Mitgefühl zu haben, ist viel leichter, als Wut zu nähren. Schreib, die Menschen sollen es nicht für einen Beweis von Intelligenz halten, alles Schöne als Märchen abzutun. Sie sollen nicht glauben, das Gute gebe es nur in Märchen. Warum sollte ein Mensch, der auf die Idee kommt, ein Märchen zu schreiben, es nicht auch in seinen Garten pflanzen?

Schreib: Wir müssen das Leben nicht wie einen Schmerz im Herzen tragen. Schreib und erzähle allen, dass es nicht reicht, ein guter Mensch zu sein. Im Herz ruhende Güte ist keinen Pfifferling wert, wenn es uns nicht gelingt, zueinander gut zu sein. Schreib: Viel zu schlimm sind alle längst verwundet.«

So kam es, dass ich den Stift zur Hand nahm. In einer Oase, die unsere Vorgänger grünen und blühen machten, setzte ich mich an diese Geschichten.

Das Schreiben dauerte lange, denn nach den ersten Zeilen hielt ich inne, um mich umzuschauen. Alles sah ganz anders aus, schmeckte anders. Hier hatten Barmherzigkeit und die Hand der Liebe gewirkt. Menschen waren hergekommen und hatten alle dunklen Schatten verscheucht. Ich konnte die Bäume um mich herum wachsen hören. Ich hielt die Luft an und lauschte: Der Wald pulsierte wie ein Herz.

Viele Tage lang hörte ich mir die Geschichten an, die man mir erzählte. Selbst der einblättrige Basilikumzweig, der erst gestern aus dem Boden spross, hatte etwas zu sagen. Ihnen allen gab ich ein Versprechen: Ich schreibe eure Geschichten auf, aber in der Stimme meiner Mutter. Auf diese Weise kann ich die Geschichte zu Ende bringen, die sie einst begonnen hat. Wenn es jemand verdient, vom Tollen Wald zu erzählen, dann sie. Zumal nur sie imstande ist, all das Geschehen in die Sprache des Papiers zu übersetzen. Die Worte gehorchen nur ihr.

Anhang

Sabine Adatepe
Durch die Wüste reiten

»Unsere Gegend ist nicht für ihre Trauben oder Pflaumen berühmt, sondern für ihre Märchen und Legenden. Die aber sind ganz anders als jene, die man sonst so hört und liest. Bei uns ist es üblich, Geschehenes so zu erzählen, als wäre es gar nicht geschehen. Bei uns fängt eine Geschichte nicht mit ›Es war einmal, es war keinmal‹ an, vielmehr heißt es: ›Es war keinmal‹ oder: ›Es ist nie gewesen‹. Manche Worte sind verborgen, andere neblig, ein ungeübtes Auge sieht sie nicht. Genau so verhielt es sich auch mit den Worten meines großen Bruders ...«, heißt es in einer Erzählung[1] der türkischen Schriftstellerin Ayşegül Çelik. Darin berichtet eine Sechzigjährige, die als kleines Kind mit ihrem Bruder die Massaker von Dersim

1 Ayşegül Çelik: *Işık Ağaçları* [Lichtbäume], in Murathan Mungan (Hrsg.): Bir Dersim Hikâyesi [Eine Dersim-Geschichte], S. 82-88, Metis Yayınları, Istanbul 2014.

im Jahr 1938 überlebt hatte, dass es sich bei all den bunten Geschichten von Lichtbäumen und Stachelschlangen, die er ihr immer erzählt hat, keineswegs um Märchen handelte, sondern um in Märchen gekleidete Tatsachen. »Du weißt doch längst alles«, seufzt die Alte, die den Bruder zuletzt gepflegt hat, als die Schwester nach seinen schlimmen Narben fragt. »Er hat es dir ja erzählt, in den Worten des Märchens.« Da gehen der Frau die Augen auf, und sie macht es sich zur Aufgabe, das Leben des Bruders und seine Märchen aufzuschreiben.

Wissen nicht auch wir »längst alles« und brauchen doch immer wieder Impulse, Anstöße wie die Geschichten von Ayşegül Çelik?

Çeliks Engagement gilt den Leidenden, den Entrechteten und Unterdrückten, in ihren Werken wie auch im Leben. Seit dem Ausscheiden aus dem Beamtendienst in Ankara lebt sie auf der Halbinsel Datça, wo Ägäis und Mittelmeer zusammenfließen. Dort betreibt sie ein Atelier für Kunsthandwerk, hilft notleidenden Tieren und setzt sich für Tierrechte ein. Doch hat sie sich auch ihr Faible für Mythologie und Literatur erhalten, beides unterrichtete sie jahrelang am Staatlichen Konservatorium in Ankara.

In ihrem dritten Erzählband *Papierschiffchen in der Wüste* führt Çelik mythologische Elemente, Legenden und Träume mit einem guten Schuss magischen Realismus zu einem Zyklus zusammen. Die Geschichten sind im Südosten der Türkei angesiedelt, wo die Grenzen nicht weit sind und Menschen etlicher Religionen, Ethnien und Sprachen leben, nah beieinander und einander doch oft fremd, geprägt von Klima, Natur und Traditionen. Die Episoden sind miteinander verwoben wie die Kelims, die die Kinderbraut webt. Die Textur ergebe sich beim Schreiben von allein, beteuert die Autorin[2]. Bis zuletzt mische sie sich nicht ein, es störe sie nicht, wenn die Komposition »bucklig« sei und neue Wörter entstünden. Sie liebe Mythologie, viel mehr als Märchen an sich fasziniere sie jedoch die Schwelle, die Grenze, an der das Reale und das Irreale, Wahrheit und Fiktion aufeinandertreffen, die Linie, auf der man sich mit »gläsernen Schritten« bewege. So weisen ihre Geschichten über das konkret Erzählte hinaus, berühren die großen Themen Zeit, Tod, Einsamkeit. Vor allem aber sind es »Märchen von der Einsamkeit der Frauen«[3].

Afsun

Am Anfang steht Afsun, die neunjährige Erzählerin. Aus Einsamkeit und Verzweiflung greift sie zum Stift, nach-

2 Bahar Çelik Omur: *Şenlikçi'nin* peşinde [Auf der Spur des Feierfreudigen], Interview mit Ayşegül Çelik, Evrensel 01.03.2014, https://www.evrensel.net/haber/79385/senlikcinin-pesinde#.UxGhEs7QVio.

3 So formuliert von Gönül Kıvılcım in *Tuhaf Kadınlar* [Seltsame Frauen], Edebiyat Haber 21.08.13, https://www.edebiyathaber.net/tuhaf-kadinlar-gonul-kivilcim/

dem die nur wenig ältere Schwester Sitare als Kinderbraut fortgebracht und die Mutter, die den Töchtern einst heimlich das Schreiben beigebracht hatte, verschwunden ist: »Mein Bleistift mit seiner brüchigen Spitze wusste genau, was ich dachte. Er wusste sogar, was ich gar nicht zu denken imstande war.« Wir treffen Afsun am Ende des Buchs als selbstbewusste junge Frau wieder: Nun weiß sie genau, was sie aufschreiben will, nämlich das, worum es im Leben eigentlich geht. In ihr erkennen wir die »aus Leibeskräften schreiende Frau«, die uns Lesende zu Beginn des Buches adressiert hatte. Sie bildet die innere wie äußere Klammer, die den Reigen der Geschichten zusammenhält.

Ihr Name ist Programm. Er verweist auf das Phantastisch-Magische, das Betörende der Erzählungen, aber auch auf das so stille wie beharrliche Durchsetzungsvermögen der Frauen im Buch: *Afsun* bedeutet im Persischen ›Zauberspruch, Beschwörung, Magie‹. Ihre Schwester Sitare, ›Stern‹ auf Persisch, webt in der zweiten Geschichte als *Yıldız*, was nun auf Türkisch ebenfalls ›Stern‹ bedeutet, gewissermaßen um ihr Leben. Dann aber entsteht unter ihren geschickten Fingern auf dem Gebetsteppich, den sie für den Schwiegervater anfertigt, ein wundersamer Vogel, der sich weigert, die Augen aufzuschlagen: ein Pfau! Erst als sie ihm aus der Erfahrung eigener Einsamkeit heraus einen Gefährten beigesellt, öffnet er die Augen zum Leben. Der Pfau ist der heilige Vogel der Jesid:innen[4]: Melek Taus, der ›Engel Pfau‹.

Der Engel Pfau und die Jesid:innen

Jesid:innen und Jesidentum sind breiteren Kreisen hierzulande erst seit dem Genozid der Terrororganisation Islamischer Staat (IS) in Sindschar im Nordirak unweit der Grenze zur Türkei ein Begriff. Der Großteil der rund eine Million in Clans lebenden Jesid:innen versteht sich als religiöse Minderheit innerhalb der kurdischen Ethnie, andere Gruppen aber auch als ethnisch-konfessionelle Gemeinschaft. Die Mehrheit spricht den nordkurdischen Kurmandschi-Dialekt, einige Clans sprechen Arabisch.

Das Jesidentum ist eine eigenständige monotheistische Religion, die im Verlauf ihrer Entstehungsgeschichte synkretistisch Elemente aus der Umgebung aufnahm. Eine Heilige Schrift wie Koran oder Bibel haben die Jesid:innen nicht, vielmehr wurden Kultur und Religion über Jahrhunderte mündlich tradiert. Darum gelten sie vor allem Muslimen nicht als zu respektierende Buchreligion, weshalb sie vielfach diskriminiert und verfolgt werden. Nach eigener Zählung ist die Versklavung und Ermordung durch den IS seit 2014 der jüngste von vierundsiebzig Genoziden an Jesid:innen.

4 Diese Schreibweise hat sich im Deutschen eingebürgert, viele Jesid:innen ziehen indes die Selbstbezeichnung Êzîdi oder Êzîden vor.

Im Zuge der Arbeitskräfteanwerbung kamen seit den 1960er Jahren Jesid:innen aus der Türkei nach Deutschland, ab den 1980er Jahren dann verstärkt Geflüchtete, so dass heute eine größere jesidische Diaspora von geschätzt 200.000 Personen hierzulande ansässig ist.

Im Zentrum ihres Glaubens steht Melek Taus[5], der ›Engel Pfau‹. Genau genommen ist der blaue Pfau lediglich das Symbol des damit identifizierten Erzengels, der mal Azrail (Azrael), mal Jibrail (Gabriel) genannt wird. In der in unterschiedlichen Varianten überlieferten Schöpfungsgeschichte schuf Gott die sieben Erzengel aus seiner Lichtsubstanz und setzte ihnen den zuerst geschaffenen Melek Taus voran. Dieser ähnelt in der jesidischen Theologie der Luzifer-Figur des Christentums: der gefallene Lieblingsengel, der seinen Hochmut dann bereut und abbüßt, nach einer Legende gar mit seinen Tränen das Feuer der Hölle löscht, wie auch Afsun hier erzählt, woraufhin Gott ihm vergibt und ihn restituiert. Seither dient Melek Taus nach Überzeugung der Jesid:innen als Stellvertreter Gottes auf Erden und Mittler zwischen Gott und den Gläubigen und ist also besonderer Verehrung würdig. Für diesen Glauben werden Jesid:innen als ›Teufelsanbeter‹ diffamiert. Einen Dualismus zwischen Gut und Böse, Gott und Teufel existiert im Jesidentum allerdings nicht, sie gehen von Gott als allmächtig aus und

5 Weitere Schreibweisen sind u.a. Melekê Tavus, Tausî Melek, Taus-ê Melek.

hüten sich, den Namen Satan auszusprechen, um Seine Allmacht nicht in Zweifel zu ziehen. Auch glauben Jesid:innen nicht an Himmel oder Hölle, sondern an Wiedergeburt beziehungsweise Seelenwanderung.

Im Buch treffen wir Afsun beim morgendlichen Gebet an; gläubige Jesid:innen beten morgens und abends mit dem Gesicht zur auf- bzw. untergehenden Sonne. Afsun wendet sich dabei an den »Erhabenen Taus«. Und als sie wieder einmal als Jesidin verunglimpft wird, klärt sie uns über jesidische Kultur und Religion auf und erzählt die Legende von Melek Taus als gefallenem Engel, der eben nicht jener sei, »dessen Name nicht genannt sei«.

Die beiden vermutlich erst zu Beginn des 20. Jahrhunderts verfassten und bis heute der religiösen Führung vorbehaltenen Bücher *Mishefa Reş* (Das schwarze Buch) und *Kitêba Jilwe* (Buch der Offenbarung), in denen Teile der oralen Tradition verschriftlicht sind, sollen in Geheimschrift in einem alten kurdischen Dialekt verfasst sein. Wahrscheinlich bezieht Afsun sich darauf, als sie von der »alten Schrift im uralten Alphabet« spricht.

Mehrfach ist auch die Rede von Fahreddin[6]. Im *Mishefa Reş* ist er als Inkarnation des am siebten Schöpfungstag hervorgebrachten Erzengels Nurail verzeichnet, der

6 Weitere Schreibweisen sind Fachr ad-Din oder Fahr ed-Dīn - ich halte mich an die Orthographie der Autorin. Fahreddin wird in der Überlieferung unterschiedlich als Erzengel, Scheich oder Heiliger bezeichnet.

Mensch und Tier erschaffen haben soll. Als Schöpferfigur wirkt er auch in Çeliks Buch, das heißt in Afsuns Bericht.

Ayşegül Çelik schrieb ihre Geschichten mit sensibler Empathie und Sympathie für die seit Jahrhunderten Verfolgten einige Jahre bevor Jesid:innen wegen der Gräueltaten des IS auch bei uns für kurze Zeit ins Licht der Öffentlichkeit rückten. Auch sie schreibt von Vertreibung, Unterdrückung und Versklavung, doch eher hintergründig, beinahe beiläufig. Und sie thematisiert die Abkapselung der Gemeinschaft, man bleibt unter sich, heiratet dem Gesetz der Endogamie entsprechend nur untereinander und übt die Religion im Verborgenen aus. Letzteres darf allerdings als Resultat der Verfolgung gelten, denn eine Geheimreligion ist das Jesidentum nicht.

In der türkischen Literatur sind Jesid:innen bisher kaum thematisiert, mir fallen nur zwei Beispiele ein: Refik Halit Karays Roman *Die Tochter des Jesiden* (Yezidin Kızı, 1939) und Yaşar Kemals Bände *Die Ameiseninsel* (1997) und *Der Sturm der Gazellen* (2002) in seinem Inselzyklus.

Was mag Ayşegül Çelik veranlasst haben, Elemente aus der jesidischen Mythologie aufzugreifen und jesidische Mädchen und Frauen zu ihren Heldinnen zu machen? Ist sie womöglich selbst Jesidin? Ihre Antwort auf meine entsprechende Frage lautete: »Ihr Leid war es, das sprach, als ich den Stift zur Hand nahm. Ich fühle mich unmittelbar mit ihrem Leid verbunden. Von Menschenhand zugefügtes Leid ist so furchtbar, ich spüre immer wieder, wie stark es ist. Jesidische Kelims bringen heute Millionen, aber wo sind die Jesiden?«

Neben Jesid:innen lassen sich noch zwei weitere ethnisch-religiöse Minderheiten identifizieren: Mary/Mari/Meryem, die in der *Geschichte der Erde* für den Mord ihres Onkels Jakob büßen muss. Beide Namen und das Kreuz ihrer Mutter, das Mary verdeckt unter der Kleidung trägt, weisen sie als Christ:innen aus, vermutlich Aramäer:innen.

Und in *Die weißen Schmetterlinge* sagt die Alte aus dem Hochzeitszug, der eine Braut in ein Dorf »oben am Schwarzen Meer« bringt, also an die hauptsächlich von Las:innen bevölkerte Grenzregion zu Georgien: »Bei uns sprechen wir Megrelisch.« Die südkaukasische, eng mit dem Lasischen verwandte Sprache Megrelisch, auch Mingrelisch, wird von Mingrelier:innen gesprochen, einer den Georgier:innen verwandten kleineren christlich-orthodoxen Ethnie in Westgeorgien und Abchasien.

Im Licht aktueller Debatten wagt eine türkische Schriftstellerin einen Spagat zwischen engagierter Unterstützung und kultureller Aneignung, wenn sie über jesidische und christliche Frauen schreibt. Die kontroverse Diskussion über ›cultural appropriation‹ ist berechtigt und längst nicht abgeschlossen. Durch ihre Wertschätzung, ihren offensichtlichen Respekt für die in der muslimischen

Mehrheitsgesellschaft marginalisierten Kulturen empfinde ich Çeliks literarischen Einsatz für diese jedoch unbedingt als Bereicherung für beide Seiten, nicht zuletzt für die türkische Literatur. Es sind Geschichten von jesidischen und christlichen Frauen, doch ihre religiöse oder ethnische Zugehörigkeit steht nicht im Vordergrund. Vor allem sind sie Frauen, die sich aus ihrer Einsamkeit, Unterdrückung, Bevormundung und Fremdbestimmung befreien, sich behaupten und beweisen, dass ein anderes Leben möglich ist. »Wenn es ein Wort gibt, ohne das ausgesprochen zu haben, ich nicht sterben möchte«, betonte Çelik im Interview, dann sei es dieses: »Eine andere Welt ist möglich.«[7]

Und so sind ihre ›Märchen‹ ein Plädoyer für Emanzipation, für die Befreiung von jenen, die uns ein Leben vorschreiben wollen, ein nicht aus dem Herzen heraus gelebtes ›fremdes‹ Leben, und sie zeichnen, speziell in den beiden letzten Geschichten, eine lebenswerte Utopie. *Papierschiffchen in der Wüste* ist ein hochpoetisches kleines Werk, das geeignet ist, auch Menschen anderer Kulturkreise, die »gerade durch die Wüste reiten«, einen Weg zu weisen.

Mai 2022

7 Bahar Çelik Omur, op.cit.

Bio-, Bibliografien

Ayşegül Çelik, geb. 1968 in Ankara, dort Studium der Wirtschaftswissenschaften und Theaterwissenschaften. Früh erschienen ihre Erzählungen, Artikel, Interviews wie auch Lyrik in renommierten Literaturzeitschriften. Sie schrieb für Film und Fernsehen, ihre Hörspiele wurden vielfach von der öffentlichen Rundfunkanstalt TRT ausgezeichnet. Ihre Adaption eines türkischen Klassikers von Hüseyin Rahmi Gürpınar wurde landesweit aufgeführt; für die Oper Arda Boyları schrieb sie das Libretto. Am Staatlichen Konservatorium der Universität Ankara lehrte sie Mythologie und Weltliteratur. Sie lebt auf der Halbinsel Datça, wo Mittelmeer und Ägäis zusammenfließen. Dort betreibt sie ein Atelier für Kunsthandwerk, schreibt und befasst sich weiterhin mit Theatergeschichte. Ihre große Leidenschaft gilt dem Einsatz für Entrechtete und Unterdrückte; in den vorliegenden Geschichten thematisiert sie die Unterdrückung der Jesiden: »Ihr Leid war es, das sprach, als ich den Stift zur Hand nahm. Ich fühle mich unmittelbar mit ihrem Leid verbunden. Von Menschenhand zugefügtes Leid ist so furchtbar, ich spüre oft, wie stark es ist. Jesidische Kelims bringen heute Millionen, aber wo sind die Jesiden?«

Sabine Adatepe, studierte Turkologie, Iranistik und Germanistik in Hamburg, wo sie (nach einigen Jahren in Istanbul) als Autorin und Literaturübersetzerin lebt. Sie hat zahlreiche Bücher aus dem Türkischen übersetzt, schreibt Essays, Erzählungen und Romane und führt ein literarisches Blog. Für ihr übersetzerisches Werk wurde sie 2020 mit dem Barthold-Heinrich-Brockes-Stipendium und 2022 (gemeinsam mit Hakan Günday) mit dem Internationalen Hermann-Hesse-Preis ausgezeichnet.

Die Übersetzung dieses Werks
wurde großzügig gefördert von Litprom e.V.

FSC
www.fsc.org
MIX
Papier aus verantwortungsvollen Quellen
FSC® C089473

Originaltitel: *Kâğit Gemiler*

Übersetzung und Nachwort: Sabine Adatepe
Lektorat: Monika Lustig
Umschlag, Layout und Satz: Fagott, Ffm
Gesetzt aus der Odile und der Didot
Gedruckt auf 100 g/qm Fly schneeweiß
Druck und Bindung: Beltz Grafische Betriebe, Bad Langensalza

Printed in Germany
ISBN: 978-3-9822252-9-6

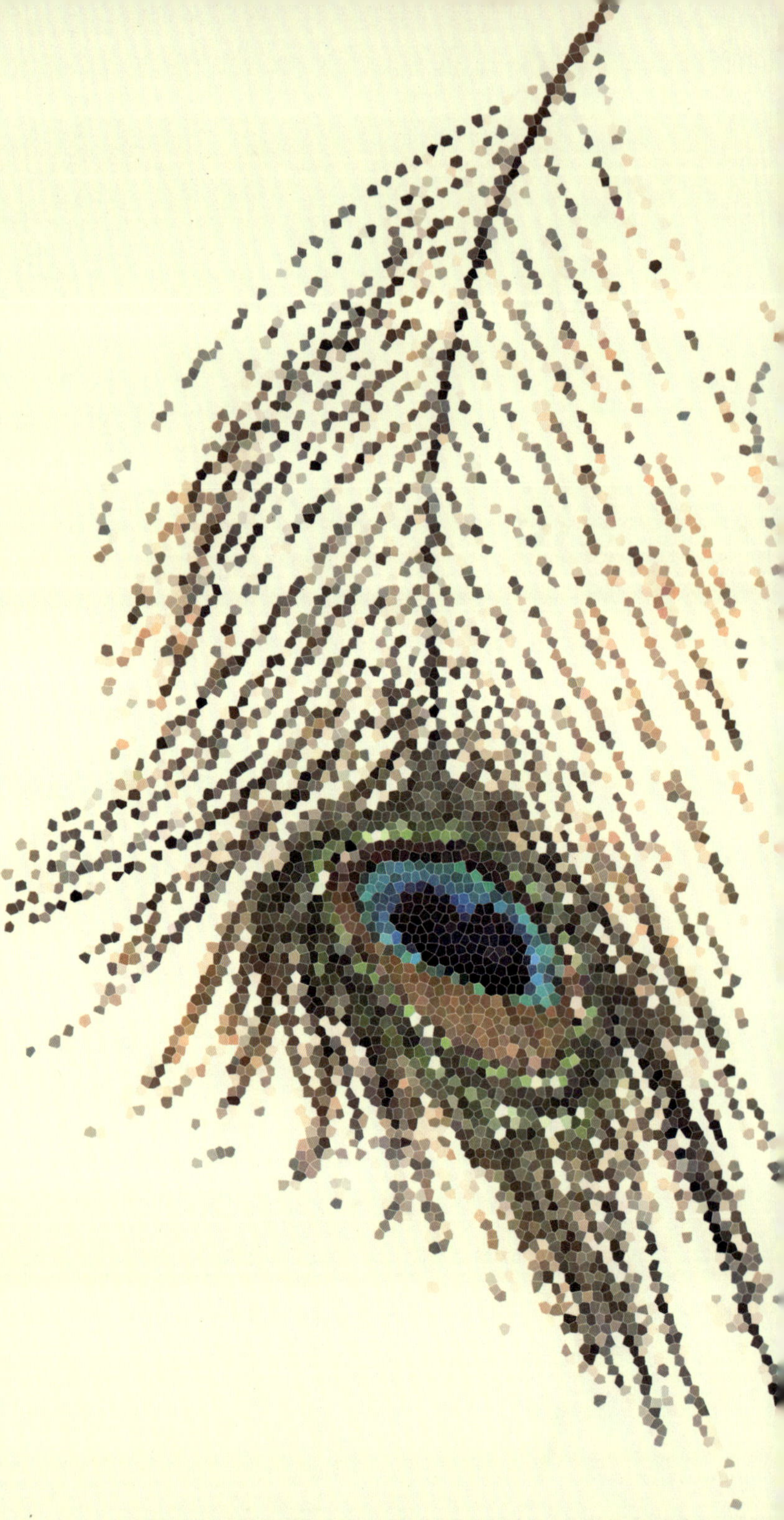